謎解き 源氏物語

日向一雅
Hinata Kazumasa

ウェッジ

【謎解き 源氏物語 目次】

はじめに

源氏物語が書かれたのは十一世紀のはじめ、ちょうど千年前のことである。作者の紫式部は一条天皇の中宮《ちゅうぐう》、藤原彰子に仕えた女房である。書かれた当時から既に傑作として評判が高かったらしく、中宮彰子は一条天皇の皇子を出産して宮中に帰る時、源氏物語を持参した。物語といえば「女の気晴らしの読みもの」(『三宝絵詞』)と見下されていた時代に、源氏物語だけは同時代の男性貴族たちが競って話題にした。『紫式部日記』によれば、源氏物語を読んだ一条天皇は、「この作者は日本の歴史を講義したらよかろう。本当に学識があるようだ」と感想を述べたとある。ところが、中宮彰子の父である、左大臣藤原道長は紫式部に向かって、「あなたは色恋の物語の作者なので、言い寄らない男はいないだろう」と言って冷やかしたとある。

この二つのエピソードからは、源氏物語が歴史を描いた作品として読まれた一方で、華やかな恋物語として読まれたのだということが分かる。今日では一般に源氏物語といえば恋物語というふうにばかり考えられているが、長い源氏物語の享受史を振り返って見ると、むしろ源氏物語の語る歴史的な面に大きな関心が向けられていた。源氏物語はそういう二重性を持った作品として理解する必要がある。

それ以来今日まで源氏物語の人気は増すことはあっても衰えることはなく、絵画化されたり、能や歌舞伎で演じられたり、映画化されたりと、多様な方法で幅広く享受されてきた。それは国内だけのことではなく、イギリスの東洋文学の研究者で詩人であったアーサー・ウェイリーの翻訳が一九二五年から三三年にかけて刊行されると、英米の読書界では世界の十指に入る古典文学の名作として高い評価を得た。今日では世界の主要言語による翻訳が出そろって、世界中で広く読まれている。

いったい源氏物語の何がそのように洋の東西を問わず読者を引きつけるのだろうか。その魅力はどこにあるのだろうか。本書では物語のさまざまな仕掛けを解き明かしながら、源氏物語の奥深さを探ってみたい。それがタイトルの「謎解き」の意味である。源氏物語は読者のさまざまなレベルの興味や関心、問題意識に応じて、それにふさわしい相貌を確かに見せてくれるように思う。

以下、私の興味を持つテーマや問題を中心に源氏物語の

The New York Times Book Review
Section 3
SUNDAY, JULY 26, 1925　TWENTY-FOUR PAGES
(Copyright, 1925, by The New York Times Company.)
JAPAN'S CLASSIC OF THE GOLDEN AGE
Greatest Novel of the Orient, An Eastern "Tom Jones," Now Translated
By JOHN CARTER

［図版］アーサー・ウェイリー訳『THE TALE OF GENJI（源氏物語）』が出版された際の紹介記事。『トム・ジョーンズ』（イギリスの作家ヘンリー・フィールディングの小説、一七四九年）に比肩する東洋の偉大な小説とある。「ニューヨークタイムズ・ブックレビュー」一九二五年七月二六日号。

面白さ、その世界の複雑な仕組みや表現などについて、物語の展開に即しながら紹介していきたいが、その際本書では源氏物語が千年の長きにわたって読まれてきた歴史のなかで、どのような問題に関心が寄せられたのかという点に注意を払いたい。現代の目線で理解するのとは違った読み方がされたというところに注意を向けることで、源氏物語の新たな深さや広がりが見えてくると思うのである。

ところで、本題に入る前に源氏物語の全体の構成について簡単に説明しておこう。周知のように、源氏物語は五十四帖《じょう》から成る長編物語であり、全体像を理解しておくことは大事である。物語の内容は主人公光源氏の生涯を語る部分と、光源氏没後の彼の子や孫たちの世代を語る部分とに大きく二分できる。そこで光源氏の生涯を語る部分を正編、子や孫の世代を語る部分を続編と呼んでいる。

これに対してもう少し内容に立ち入って、正編を第一部と第二部に分けて、続編を第三部とする捉え方が今日では一般的である。全体を三部構成の物語として理解するのである。第一部は主人公光源氏の誕生から栄耀栄華をきわめるまでの波乱に富んだ人生を語る、「桐壺」巻から「藤裏葉《ふじのうらは》」巻までの三十三帖の物語である。第二部は「若菜上巻」から「幻」巻までの八帖で、光源氏の後半生の憂愁にみちた人生が語られる。第三部は薫や匂宮《におうみや》という光源氏の子孫の愛執の人生を語る、「匂宮」巻から「夢浮橋《ゆめのうきはし》」巻までの十三帖の物語である。本書の記述もこのような捉え方を基本にしている。

謎解き源氏物語

第一回

桐壺帝とはだれか

「謎掛け」になっている書き出し

桐壺帝が寵愛した身分の高くない更衣

源氏物語は桐壺帝の物語から始まる。光源氏の父帝であり、源氏の母をこよなく愛し、そして源氏をも格別に可愛がった。在位は二十数年間におよび、親政による治世は聖代と讃えられた天皇である。物語はその桐壺帝が即位した直後の時期から語り起こされる。誰もが知っている有名な一段であるが、引用しよう。

いづれの御時《おおんとき》にか、女御更衣あまたさぶらひたまひける中に、いとやむごとなき際にはあらぬが、すぐれて時めきたまふありけり。（桐壺巻）

どの帝の御代であったか、女御《にょうご》や更衣《こうい》が数多くお仕えしていた中で、それほど高い身分ではないが、誰よりも時めいていらっしゃる方がいた。

この文章からは帝の名前も妃の名前も分からないが、帝は桐壺帝、帝が格別に寵愛した妃とは桐壺更衣である。更衣とは固有名詞ではなく、天皇の妃の地位を示す呼称である。妃の身分としては更衣は一番低い。更衣の上が女御、一番高い地位が中宮・皇后である。その更衣が「桐壺」という殿舎に住んでいたので、桐壺更衣と呼び、彼女を寵愛した帝なので桐壺帝と呼ぶ。これが彼らの名前の由来である。

さて、桐壺帝は数多い妃たちのなかで、強力な後見のある有力な妃を差し置いて、それほど身分も高くはない桐壺更衣を寵愛した。ところが、これは後宮の序列を乱すものとして非難の的になり、更衣は他の妃たちから嫌がらせを受けることが度重なった。

どんな嫌がらせかと言えば、たとえば、更衣が帝に召されて清涼殿に参上するとき、途中の通路に汚物が撒かれていたり、あるいは通路の戸が閉められていたりした。こういう嫌がらせの中心にいたのは、物語にははっきりとは書かれていないが、桐壺帝の第一皇子（後の朱雀帝）の母であり、権勢家・右大臣の娘で桐壺帝の皇太子時代に入内《じゅだい》した弘徽殿《こきでん》の女御であったと見てよい。こういう有力な妃たちがこぞって桐壺更衣に嫌がらせをした。彼女たちの嫉妬や怨みを買って、更衣は病気がちになり、里に下がることが多くなると、帝の愛情は逆に強まった。そういう中で光君、後の光源氏が生まれた。桐壺帝の第二皇子である。光君の誕生によって帝の更衣に対する寵愛はますます深くなるが、更衣は光君が三歳の時に亡くなった。おそらく二十代前半である。そういう娘の夭折を母親は非業の死であるといって帝を恨んだほどである。

❖なぜ桐壺帝はそれほどまで更衣を愛しぬいたのか

このような帝と更衣の愛の物語は、宮廷社会や後宮の慣例や掟に逆らう生き方として、文字どおり純愛物語であるとともに悲恋物語である。しかし、なぜ桐壺帝はそれほどまで更衣を愛しぬいたのであろうか。「謎」というわけではないが、この物語にはそういうことを問いかけたくなる、何か問題意識を喚起するところがある。純愛や悲恋は文学の永遠のテーマであり、源氏物語はそのテーマを哀切に優美繊細に語ったのであるが、桐壺帝の物語はそうした純愛が政治と不可分の世界として語られたところに特色があり、まずその点をきちんと押さえて置きたい。そこから源氏物語のスケールの大きさも見えてくるからである。

さし当たって次のことを確認しておこう。桐壺帝の更衣寵愛は弘徽殿の女御と右大臣家という権門の勢力を牽制することと表裏一体であったということである。弘徽殿の女御には桐壺帝の第一皇子が生まれており、右大臣家は第一皇子が即位した暁には、外戚として摂関家を目指す政権構想を固めていた。それに対して桐壺帝は外戚の権勢を排除して、親政を目指していた。桐壺更衣には外戚がいなかったのである。更衣の父、按察使《あぜち》大納言はすでに亡くなっていたのである。その点に関しては、むしろ大納言が自分の死後に更衣を入内させたことの方が不思議なのである。大納言家には跡継ぎの男子もいなかったから、更衣が入内しても大納言家の繁栄はありえなかったし、跡継ぎのいない家は断絶するしかないのである。にもかかわらず、大納言はなぜ更衣を入内させたのかという問題である。更衣の入内にはそういう別の「謎」が付きまとっている。この点については後に改めて考えたい。

つまり、桐壺更衣は桐壺帝の親政戦略には好都合であったのである。桐壺帝の更衣寵愛に偽りはなかったが、しかし、同時に右大臣家を牽制するために更衣を政治的に利用したはずである。純愛といえども政治と無縁ではありえないという天皇という地位そのものの政治性を物語はしっかりと語っていたのである。源氏物語が政治の主題を持っていたことをはじめに押さえておきたい。

❖ 中世の注釈書が明らかにした桐壺帝のモデル

こういう桐壺帝の物語に対して、中世の源氏物語の注釈書は桐壺帝は歴史上のどの天皇に当たるのかと問い、「延喜の聖代」に相当するという解釈を打ち出した。源氏物語は歴史を語っている作品だと言ったのは一条天皇であるが、そうした読み方が決して間違ったものではないことを、中世の注釈書は具体的に明らかにしたのである。どこからそういう問題を考えるようになったかというと、「桐壺」巻の冒頭の書き出しがそういう「謎掛け」になっていると考えたのである。それを最初に問題にしたのは『紫明抄《しめいしょう》』[*1]という十三世紀末の注釈書である。

いづれの御時にかといへる、おぼつかなし。例に引き申すべき帝いづれぞや

＊1 **『紫明抄』**
『源氏物語』の注釈書。素寂著、一二八九年頃成立。書名の紫は「紫の上」、明は「明石の君」を指す。

［図版］清涼殿東廂にて、光源氏、十二歳の元服の儀。冠を被せる引入を務めたのは葵の上の父・左大臣。『源氏物語色紙絵　桐壺』。

物語は「いづれの御時にか」と始まるが、それはどの天皇の御代なのか気になる書きかただ。誰か例にしている帝がいるのではないか、それは誰なのかというのである。これが『紫明抄』の問いかけである。結論は「延喜の聖帝」、すなわち醍醐天皇を例にしているということであった。その根拠は桐壺更衣を亡くして悲しみに沈む桐壺帝が、宇多天皇が描かせた「長恨歌《ちょうごんか》」*2の絵を見て悲しみを慰めたという記事、また桐壺帝は高麗《こま》の相人《そうにん》*3に光君の相を観させる時に、「宇多の帝の御誡め」があるので、相人を宮中に召さず、光君を鴻臚館《こうろかん》に行かせたという記事である。「宇多の帝の御誡め」とは宇多天皇が醍醐天皇に譲位する時に与えた「寛平御遺誡《かんぴょうのごゆいかい》」のことである。桐壺帝はあたかも宇多天皇の子であるかのように語られた。源氏物語にはこういう「謎掛け」の構造があるということに注意を喚起した。

その『紫明抄』の解釈を受け継いで、さらに明快に論じたのが、『河海抄《かかいしょう》』(一三六二成立)である。著者の四辻善成《よつつじよしなり》*4は承久の乱(一二二一)によって佐渡に流された順徳天皇の曾孫。『河海抄』は室町将軍足利義詮《あしかがよしあきら》の求めに応じて書かれたが、源氏物語の注釈書としては今日も活用されている名著である。『河海抄』は次のように述べた。

> 「いづれの御時にか」という書き出しは、漠然と時代を示しているのではなく、「延喜の御時」、醍醐天皇の時代をほのめかしている。物語の桐壺―朱雀―冷泉という天皇の系譜は、歴史上の醍醐―朱雀―村上という天皇の系譜に重ねられている。桐壺帝の皇子、光源氏は醍醐天皇の皇子、源高明《たかあきら》に相当する。光源氏が須磨に流謫《るたく》したのも、源高明が太宰府に左遷された史実に似ている。

*2 **「長恨歌」**
中唐の詩人、白居易の詩。白居易は三〇頁脚注参照。

*3 **高麗の相人**
「高麗」は渤海国。「相人」はその来朝した使節団の一人ですぐれた観相家であった。

*4 **四辻善成**
一三二六～一四〇二年。南北朝時代から室町時代中期にかけての公家・学者・歌人。父は尊雅王、祖父は四辻宮善統親王、曽祖父は順徳天皇。源氏学者で二条派歌人の丹波忠守の薫陶を受ける。貞治年間(一三六二～六八)、『源氏物語』の注釈書『河海抄』二十巻を将軍足利義詮に献じた。四辻善成の和歌は「風雅和歌集」以下の勅撰和歌集にも入集している。

醍醐天皇の時代の年号は「延喜」、村上天皇の年号は「天暦」というが、この時代はともに紫式部の時代にすでに「聖代」として理想化されていた。物語はその「延喜・天暦」の聖代に準拠して語られているというのが『河海抄』の説である。これを「延喜・天暦」準拠説という。つまり、物語は王朝の理想とされた時代を再現して語っているというのである。

そうは言っても、物語は史実をそのままなぞるわけではないから、桐壺帝が醍醐天皇に準拠するとは言いながら、その類似は実はきわめて限られる。むしろ桐壺帝の生涯を見わたすと、醍醐の父の宇多天皇との共通点が多く見えるのである。さらには宇多の祖父の仁明天皇との明確な類似点もある。つまり桐壺帝はそれら天皇の事績を自在に取り込みつつ独自な天皇として語られたのである。その人物像の核心は親政を遂行した天皇という点にある。

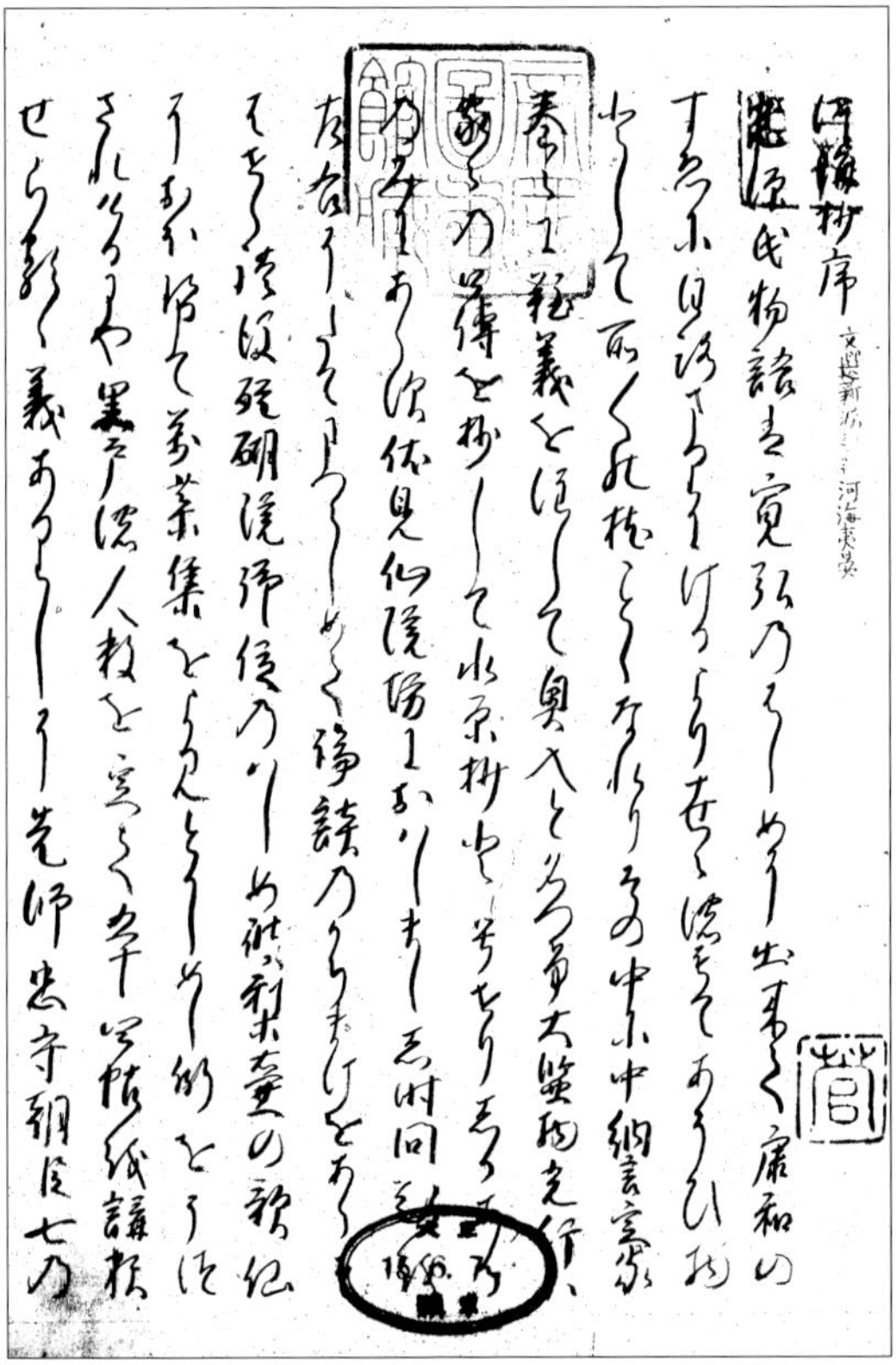

［図版］『河海抄』。

歴史上では、仁明の

次の文徳―清和―陽成の三代が藤原良房（八〇四〜八七二）、基経（八三六〜八九一）による前期摂関制の時代であるが、陽成天皇が廃されて光孝―宇多という新しい皇統になり、基経の薨去《こうきょ》を機に宇多は親政を開始する。桐壺帝の物語はそういう宇多天皇に始まる親政を目指す天皇の物語となっている。中世の注釈書はそういう史実や歴史を重ねて、源氏物語を読んだのであるが、そうすることによって、源氏物語は新しい意味づけが発見できる構造になっているのである。中世の注釈書は源氏物語が史実に準拠することを指摘し、漢籍や仏典の典拠を挙げ、和歌の引用を列挙して、物語の表現の多彩なレトリックに照明を当てたが、それらの一つ一つを確認しつつ読むことが源氏物語の面白さの一面であることはまちがいない。

【参考系図】

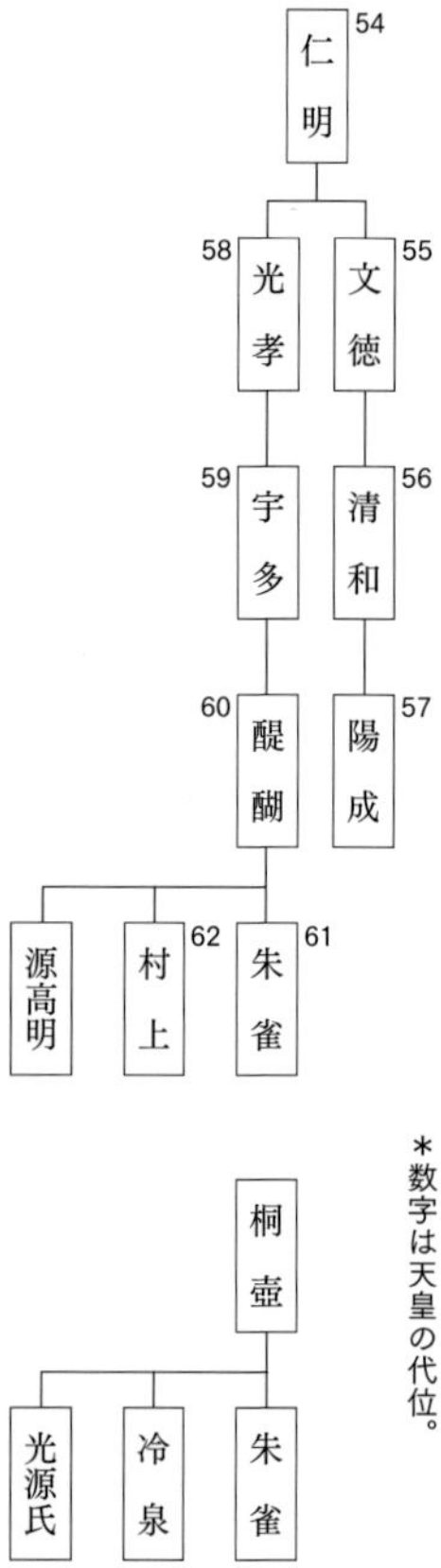

＊数字は天皇の代位。

❖第二回❖

光源氏はいかにして帝王になるのか

謎解《ミステリー》きの物語としての『源氏物語』

❖

『源氏物語』は王権と政治を主題とする物語

光源氏の父の桐壺帝は歴史上の醍醐天皇になぞらえられ、桐壺帝の二十年余の治世は「聖代」として理想化されているというのが、中世の源氏学が強調したところであった。源氏物語はそうした王権と政治を主題とする物語であった。光源氏の物語も王権の主題と深くかかわる物語である。

皇子光君の誕生は、「前の世にも御契りや深かりけむ、世になくきよらなる玉の男御子《をのこみこ》さへ生まれたまひぬ」と語られた。この世にまたとないほど美しい玉のような男の子は、また比類なく聡明で利発であったから、帝は更衣の形見として溺愛し、東宮に立てたいと思ったが、外戚のいない皇子が東宮になれるはずもなかった。それどころか外戚のいない皇子の将来を考えると、親王でいることにも希望はなく、むしろ臣下にしてその優れた能力を発揮させる方がよいと、帝は考えた。そういう判断の根拠にされたのが、たまたま来朝した高麗《こま》の相人《そうにん》の次のような観相であった。光君七歳の時のことである。

相人驚きて、あまたたび傾きあやしぶ。「国の親となりて、帝王の上なき位にのぼるべき相おはします人の、そなたにて見れば、乱れ憂ふることやあらむ。朝廷《おほやけ》のかためとなりて、天《あめ》の下を輔《たす》くる方にて見れば、またその相違《たが》ふべし」と言ふ。（桐壺巻）

光君は「国の親」となって、必ず「帝王の位」にのぼるはずの相を持っている。だが、帝王になる方向で見ると乱憂が予見される。しかし、決して天皇を補佐する臣下の相ではないというのであった。

相人はここではっきりと光君には「帝王の相」があると予言したのである。光君の人相は将来必ず帝王になる人の相であると。しかし、そう占いながら、相人がしきりに頭を傾けて不審がったのは、なぜであろうか。理由は、光君を臣下の子として紹介されていたからである。臣下の子が帝王の相を持つとすれば、彼は現在の王朝に替わって新しい王朝を樹立するはずであり、その時国家に乱憂が起こることは避けられない。しかし、日本の王朝は中国のような王朝の交替がないから、臣下の子が帝王になる人相を持っているのが不思議でならなかったのである。ともあれ、相人は新しい王の誕生を予言したのである。

この占いを聞いた桐壺帝は光君を臣籍に下した。光源氏の誕生である。帝は光君を東宮にしたいと思っていたのに、なぜここで臣下にすることにしたのであろうか。その理由は、「光君が帝王になるとすると、乱憂が予見される」という占いにあったと考えられる。後見のいない光君が親王でいると皇位継承の争いに巻き込まれて不幸な目に遭うに違いないと判断したのである。帝はそういう乱憂をあらかじめ回避しようとしたのである。

❖ 臣下に下った光源氏はいかにして帝王になるのか

ところが、ここで新しい問題が出てくる。古代において予言は必ず実現するものと考えられていたから、光源氏に「帝王の相」がある以上、臣下になったとはいえ、必ず源氏は帝王になるはずである。しかし、通常臣下から帝王になることはありえないから、臣下に下った光源氏はいかにして帝王の相を実現するのか、臣下から帝王になる道がありうるのか、あるとすればどのような方法で可能なのかということである。光源氏の王権の物語はこういう謎解きの物語であった。

平安時代の歴史では臣下に下った一世源氏が即位した例として、宇多天皇がいる。父の光孝天皇が即位した時、源氏（源定省《さだみ》）になるが、光孝天皇の崩じる直前に親王宣下《せんげ》を受けて、皇太子に立ち、天皇が崩じると即位した。光源氏が歴史上の前例に則って即位するとすれば、例外的ではあるが、このように源氏から親王に復帰し、立太子して即位するという手順を踏む方法がありえた。しかし、光源氏の帝王の相はまったく予想しえない、破天荒なかたちで実現されたのである。

人生にはどのようにしても避けられない宿命とか運命というものがあるということを古代の物語は洋の東西を問わず語った。オイディプス王の物語[*1]はその典型である。父ライオス王はオイディプ

*1 **オイディプス王の物語**
ギリシャ神話の一つ。ギリシャ悲劇に何度も取り上げられたが、ソフォクレスの『オイディプス』が有名。

スが生まれた時に、将来その子が自分を殺すという予言を受けて、生まれたばかりのオイディプスを山中に棄てさせた。オイディプスは成人した後に父とは知らずにライオス王を殺し、自らが王となり、さらに父王の妃であった自分の母と結婚する。だが、これは神の怒りに触れ、真相を知ったオイディプスは運命を呪い畏れ、王位を追われて放浪の旅に出るという物語である。

光源氏の王権の物語はこのような悲劇的な結末ではないが、運命の物語としては類似するところがある。源氏は父帝の最愛の妃である藤壺を理想の女性として恋するようになり、恋心は高じてついに密通にいたる。亡き母・更衣に似ていると聞いた藤壺への思慕がいつのまにか恋へと変わっていたのである。許されない不義と知りながら、藤壺を恋する光源氏の一途な情熱を物語は前世からの因縁によるのだろうと語った。その結果、藤壺は不義の皇子を生むが、その皇子は桐壺帝の子として東宮になり、後に即位する。冷泉《れいぜい》帝である。こうして光源氏は臣下でありながら冷泉帝の父として、帝を領導して聖代を実現するのである。光源氏が実の父であることを知った冷泉帝は源氏に

［図版］来朝した高麗の相人は、七歳の光君を見て「帝王の相」があると予言した。『源氏物語手鑑　桐壺一』。

〔図版〕本居宣長の肖像。

準《じゅん》太《だ》上《じょう》天皇の位を贈り、源氏は即位をすることなく上皇に準じる地位に昇り、臣下の身分を脱する。

光源氏の帝王の相とは、このように不義の皇子の即位によって天皇の父となり、実質的に天皇以上の権威と権力を掌握して文化隆盛の理想的な時代を実現したのである。光源氏「聖代」の実現といってよい。冷泉帝が即位した時、源氏は「相人の言むなしからず」（澪標《みおつくし》巻）と、相人の予言した「帝王の相」が成就したことを得心したが、それが相人の予言の謎解きであり、予言の真意であったのである。

❖――密通による不義の皇子の物語を学者たちはどう評価したか

こうして光源氏は冷泉帝の後見として無類の栄耀栄華を達成したが、その間源氏はそうした権勢や栄華に驕ることを絶えず戒めていた節がある。光源氏の儒教倫理的な性格の一面を示すものとして理解できるのだが、それだけではなく彼の罪意識と関わりがあったと思われるのであり、彼は運命への畏れの念を抱いていたと見られる。

光源氏は二十九歳で内大臣となり、以後栄華の道を歩み続けるが、その栄華の高まりが自重と謙抑の心構えを呼び覚ましていたからである。源氏の考えるところは次のようなことであった。若くして抜群の栄達を遂げた者は短命に終わるのが昔からの世間の例であり、今自分は過分の栄位にあるが、それは中途で須磨・明石に流謫《るたく》した苦難の代償であり、これ以上の栄華は寿命が心配だから仏道の勤行《ごんぎょう》に励もうというのである（絵合《えあわせ》巻）。

盈《み》ちれば欠けるという盈虚《えいきょ》思想であるが、源氏の場合はそこに密通と不義の皇子の即位に対する罪の意識が存したと考えるべきだろう。それが栄華の高まりの中で彼に自重をうながし、謙抑的な生き方を志向させたように見える。光源氏の導いた冷泉朝聖代は光源氏の罪意識との関わりを無視するわけにはいかないと思う。

光源氏の「帝王の相」は密通による不義の皇子の即位によって実現されたものであったが、そういう破天荒な物語に対して、後世これをどのように評価すべきか、特に近世になって喧々囂々《けんけんごうごう》の議論が戦わされた。一つは安藤為章《あんどうためあきら》*2に代表される諷諭・教誡説《きょうかいせつ》であり、冷泉帝を正統の皇統として

*2 **安藤為章**
一六五九～一七一六年。国学者。貞享三年（一六八六）、水戸で徳川光圀に仕える。元禄十五年（一七〇二）、江戸彰考館の寄人として『扶桑拾遺集』『礼儀類典』『釈万葉集』などの編集に携わる。和歌に長じ、『年山紀聞』『紫女七論』『栄花物語考』などの著述がある。

認めうるかどうか、この物語には作者のどんな意図があったのかというものであって、結論はそういう事件が起きないようにとの作者の諷諭、教誡として捉える（『紫女七論』）のである。これに対して本居宣長[*3]は為章の議論は物語の本質に無知な儒者の偏見であると言い、藤壺密通事件は「恋のもののあはれのかぎりを、深くきはめつくして見せむため」（『源氏物語玉の小櫛』）のものであると喝破した。これは物語論の革命的な転換であったといってよく、文学論の近代を開いた卓説であった。

しかし、こういう宣長の論に反論したのが萩原広道《はぎわらひろみち》（一八一五～一八六三）である。広道は源氏物語の文章には「諷諭」という法則があると論じて、すべてを「もののあはれ」に収斂する宣長の論を批判し、安藤為章の諷諭説を支持した（『源氏物語評釈』）。

この二説を対極として近世では諷諭説に傾いていた捉え方が強いが、近代になると「もののあはれ」論が圧倒的になる。私としては「もののあはれ」論だけでは平板な理解になると思っている。諷諭・教誡説を成り立たせる物語の構造をきちんと把握しなければならないと考える。

*3 **本居宣長**
一七三〇～一八〇一年。国学者、医者。賀茂真淵に出会い、『古事記』の研究に志す。『古事記伝』『玉勝間』『源氏物語玉の小櫛』などの著書がある。

❖第三回❖

「雨夜の品定」の蘊蓄の出典はなにか

含蓄と辛辣な批評とが渾然一体となった談義

❖

『法華経』の三周説法の方法に倣った構成

源氏物語の第二巻、「帚木《ははきぎ》」巻の「雨夜《あまよ》の品定《しなさだめ》」は光源氏十七歳の時の物語である。梅雨時の長雨の続くころ、宮中の物忌みに籠もる源氏の宿直所《とのいどころ》に友人たちが集まって、源氏を囲んで一晩女性談義に花を咲かせたという物語である。一番熱弁を振るうのが最年長の左の馬の頭《かみ》、次が頭《とう》の中将、そして藤《とう》式部の丞《じょう》という者たちであるが、源氏は居眠りしながら聞いていて時たま冷やかしたり冗談を言う程度で、三人の話を自分とは関わりのない下世話な話だといった態度で聞き流しているという設定である。

「品定」の話題は一見とりとめもなく語られているように見えるが、実は整然とした構成になっている。はじめに話題の対象を「中の品」という中流階層の女性に限定して、身分、容姿、性格を基準として妻とするにふさわしい人を品定めする段（一般論）があり、次にその議論を「よろづのことによそへて思《おぼ》せ」といって工芸、絵画、書道における名人と、そうでない者との違いを例として、見た目の良さや外見の風情は当てにならないとする比喩論となり、その後に三人の男たちがそれぞれ自分の経験を披露する体験談があって、最後にまとめの一節が来るという構成になっている。

こうした構成については『法華経』の法説一周、喩説一周、因縁説一周という三周説法の方法に倣うものであると、『花鳥余情』[*1]という中世の注釈書が指摘して以来定説として認められている。そのような「品定」はどこの部分を取り上げても含蓄と辛辣な批評とが渾然一体となった談義であって、概要や粗筋の紹介ではそのおもしろさを十分に伝えられないが、これが作者紫式部の蘊蓄を傾けた議論であったことは間違いなく、それゆえこうした議論の由来するところを考えながら、二三の話題について触れてみたい。

妻選びについて、左の馬の頭の言うところを見てみよう。

おほかたの世につけて見るには咎《とが》なきも、我がものとうち頼むべきを選《え》らむに、多かる中にもえなむ思ひ定むまじかりける。（帚木巻）

普通の恋人として付き合っているうちは欠点のない女でも、妻として頼みにできる人を選ぶ段になると、多くの女たちの中でもなかなか決めかねるものだという発言である。その理由は、一家の主婦となるべき人には、これが不足しているとか、ここが不十分というのでは困る大事なことがたく

*1 **『花鳥余情』**
一条兼良《かねよし》（一四〇二〜八一）による『源氏物語』の注釈書。一四七二年成立。一条兼良は室町時代の公卿・摂政関白。当代一流の古典学者と目され、将軍足利義尚の生母・日野富子に『源氏物語』を講じた。

さんあるからだという。「足らはであしかるべき大事どもなむ、かたがた多かる」というのであるが、それが具体的に何かは語られない。とはいえ、これは家庭における妻の役割、主婦の仕事の重大さを強調するものである。それゆえ結婚相手には高い条件を要求することになる。そういう高望みの上に立って、自分の願いどおりの女性を探すうちに、ついつい浮気ごとが多くなるというのだから、虫のいい話をしているのであるが、この段の締めくくりは次のようである。

今はただ品にもよらじ、容貌《かたち》をばさらにも言はじ、いと口惜しくねぢけがましきおぼえだになくは、ただひとへにものまめやかに静かなる心のおもむきならむよるべをぞ、つひの頼みどころにには思ひおくべかりける。（帚木巻）

身分や容貌についてとやかく言うことはやめて、ひねくれた性格でなく、まじめで落ち着いた性質の女性を生涯の伴侶とするのがよいというのである。

こういう発言は常識的というべきか、箴言《しんげん》というべきか、いろいろな受け止め方ができるが、ここで注意したい点は「ものまめやかに静かなる心のおもむき」というものを伴侶を決める条件とした点である。これと裏腹の言い方が「人の心の時にあたりて気色ばめらむ見る目の情けをば、え頼むまじく思うたまへてはべる」（帚木巻）というのであって、女がその時々に応じて気取ってみせる外見の風情は当てにはならないというのである。

「雨夜の品定」は辛辣でもあり、また含蓄に富んだ議論であるが、それが作者紫式部の蘊蓄の賜物であるとしても、その蘊蓄はどこでどのようにして養われたのであろうか。紫式部の蘊蓄の背景を探ってみよう。

❖——紫式部の蘊蓄はどこでどのようにして養われたのか

宇多・醍醐朝に活躍した詩人、紀長谷雄《きのはせお》[*2]に「貧女《ひんじょ》の吟」という漢詩があるが、これには右の「ものまめやかに静かなる心のおもむき」を尊重する発言とよく似た文言がある。「貧女の吟」（『本朝《ほんちょう》文粋《もんずい》』所収）は富豪の家の深窓の令嬢が仲人口に騙されて、学識もなく素行も悪い若者と結婚し、資産を食いつぶされた上に棄てられて零落したという悲惨な人生を謳ったものである。その結句は次のような戒めである——「語を寄す世間の豪貴の女《むすめ》に、夫を擇《えら》ばば意《こころ》を看《み》、人を見ることなかれ。又寄す世間の女の父母に、願はくは此の言を以てこれを紳《おび》に書せ」と。世間の富豪や貴族の令嬢に言いたい、夫を選ぶには心を見極めなさい、外見に惑わされてはいけない、両親はこの言葉を肝に銘じてほしいというのである。

「貧女の吟」は女子の結婚に当たっての忠告であるが、これは「品定」で馬の頭が妻を選ぶには身分や容貌より、「静なる心のおもむき」を重視すべきだと言ったのと同じ発想である。馬の頭の発言は「貧女の吟」とは男女の立場を変えただけのものである。

*2 **紀長谷雄** 八四五～九一二。文章博士。中納言。菅原道真の信頼が厚く、道真没後の漢詩文・学問の世界の指導的役割を果たした。

［図版］源氏と頭中将のもとに左馬頭と藤式部丞が訪ねて来る。『源氏物語画帖 帚木二』。

［図版］白居易の肖像。

ところで、この「貧女の吟」の結句の形式は、実は平安貴族の愛読した白居易《はくきょい》*3の詩集、『白氏文集《はくしぶんしゅう》』の「井底《せいてい》、銀瓶《ぎんぺい》を引く」という諷諭詩の結句を模倣したのである。「井底、銀瓶を引く」は「淫奔《いんぽん》を止むる也」という副題を持つ。一目惚れした男の後を追って駆け落ちした女が、男の家では妻として認められず離別の憂き目にあうが、今さら故郷にも帰れないと悲嘆に暮れるという詩である。「聘《へい》すれば則ち妻たり、奔《はし》れば是れ妾《しょう》」と言って、結納の礼をして迎えたものは妻になれるが、勝手に走り込んできた女は妾であって、そんな女に先祖の祀りをさせるわけにはいかないと、男の両親から言われて、女は男の家を出るしかなかった。その結句は「言を寄す癡小《ちしょう》なる人家の女に、

*3 **白居易**
七七二〜八四六。中唐の詩人。字は楽天。死の前年、七十四歳の時に完成した『白氏文集』は、清少納言や紫式部らに影響を与えた。

慎みて身をもて軽々しく人に許すこと勿《なか》れ」という。世間知らずの若い娘さんに言いたい、軽率に男に身を許してはいけないというのである。「貧女の吟」の結句はこれを手本にしたのである。

「井底、銀瓶を引く」の結句はその後の物語に関わらせて見てみると、空蝉《うつせみ》と軒端《のきば》の荻《おぎ》に対する光源氏の態度の違いを語るところに響いていると思われる。源氏は靡《なび》かなかった空蝉を忘れがたく思う一方で、軒端の荻に対してはいつでも自分に靡く女だと信じているので、彼女の縁談を聞いてもその気になれば逢えると軽侮していた。

「貧女の吟」や「井底、銀瓶を引く」に詠まれた「無知」や「淫奔」が女の不幸のもとになるという諷諭詩は、紫式部にとって女の人生を考える上で大きな意味を持っていたのだと思われる。同じ『白氏文集』の諷諭詩、「太行の路」には夫の心変わりによる女の人生の苦難について、「人、生まれて婦人の身となるなかれ。百年の苦楽は他人による」と謳われた。さらに人の心の予測しがたさ、信じがたさを詠んだものに、「天も度《はか》るべし」がある。女の人生を題材とした『白氏文集』の数多くの諷諭詩は紫式部が愛読しただけでなく、中宮彰子に講義したくらいであり、「雨夜の品定」の重要な素材になっていたと考えられる。

❖『白氏文集』の諷諭詩を数多く引用し活用した紫式部

経験談で披露されるのは四話、左の馬の頭が誠実だが嫉妬深かった女の話と、美人で頭も良いが浮気な女の話をし、頭の中将が内気でおとなしいが突然姿をくらました女（後の夕顔）の話をし、藤式部の丞が男顔負けの学問のある博士の娘の話をする。どれもメリハリの利いた面白い話であるが、ここでは博士の娘の話について触れる。

藤式部と博士の娘との結婚は、博士が自分の娘は「貧家の女」であるが、夫を軽んずることもなく姑にも孝行を尽くすといって勧めたからであった。博士は『白氏文集』の諷諭詩「議婚《ぎこん》」を引用したのである。

我が両途を歌ふを聴け　富家の女《むすめ》は嫁しやすく　嫁すること早くして其の夫を軽んず　貧家の女は嫁し難く　嫁すること晩くして姑に孝なり

という詩である。「議婚」は富家の女と貧家の女を対比して、妻にするには貧家の女がよいと単純明快に謳ったのである。

ところが、物語では藤式部は妻のあまりの無神経さに辟易して最後は逃げ出したという滑稽譚になっている。学問があり頼りがいのある妻であったが、風邪を引いたといっては蒜《ひる》*4をプンプンさせている妻に耐えられなかったというのである。この話は物語の方法として見ると、「議婚」の妻にするには「貧家の女」が「富家の女」に勝るという単純な対比に対して、藤式部と博士の娘との結婚の破綻を対置することで、「議婚」の単純な論理を戯画化しているのである。

「雨夜の品定」は『白氏文集』の諷諭詩を数多く引用し、それを素材とも栄養ともして活用したが、それは紫式部にとって個々の諷諭詩の論理の一面性を批判し、みずからの思索を深めることでもあったと思われる。

*4 **蒜**
にんにくの古名。

❖第四回❖

彼らはなぜ素姓を隠して愛し合ったのか

空蝉、夕顔との出会いと別れ

❖ 方違えとは何か——思いがけない出会い

「雨夜の品定」の翌日、光源氏は久しぶりに宮中を退出し、左大臣家に正妻の葵の上を訪ねたが、葵の上は例によって冷たく不機嫌そうな態度である。舅の左大臣が気をもんでご機嫌伺いに来る。源氏は左大臣への義理立てからこの夜は自宅の二条院にも帰らず、葵の上のもとに泊まるつもりでいたが、この夜は宮中から左大臣家や二条院の方角が方塞《かたふた》がりなので、方違《かたたが》えをしなければならなくなった。方塞がりとは陰陽道で中神という神のいる方角に向かうことを避ける信仰。源氏は急遽左大臣家の家来筋の紀伊の守の邸に方違えすることになった。

「雨夜の品定」の時、源氏は左の馬の頭《かみ》や頭《とう》の中将の熱弁を聞いて、「中の品」の女に興味をそそられた。「中の品」とはどういう階層かというと、現在は公卿に出世しているが、もともとの家柄がそれほどではない者、逆にもとは高貴な家柄だが今は衰退した者、地方官の中の大国[*1]や上国の国司で豊かな者、まだ公卿ではないが、まもなく公卿になりそうな家柄もよく経済力もある者というような貴族たちのことである。そういう階層の女たちが魅力的だという話を左の馬の頭たちは熱心に話していた。

紀伊の守《かみ》は上国の国司であり、典型的な「中の品」に属する。ちょうど邸を新築した時であった。その邸にたまたま空蝉《うつせみ》が来ていた。空蝉は紀伊の守の父の伊予の介《すけ》という年老いた国司の後妻であった。光源氏はこういう階層の家を訪ねるのは初めてであった。彼は「雨夜の品定」の話題を思い出して、この邸に来ている女に関心を持つが、たいしたことはあるまいと、見下した気分でいた。

源氏の態度は実に傍若無人であり、桐壺帝の秘蔵っ子という奢りが見てとれる。紀伊の守のもてなしを受けながら、暗に女の接待を求める。「とばり帳もいかにぞは。さるかたの心もなくては、めざましき饗《あるじ》ならむ」（帚木巻）という。これは次の「我家《わいへ》」という「催馬楽《さいばら》[*2]」の一句を引いたのである。

　我家は　とばり帳も　垂れたるを　大君来ませ　婿にせむ　御肴《みさかな》に　何よけむ　鮑《あはび》　さだを
　か　かせ　よけむ。

意味は、「私の家ではカーテンを下ろして寝室の用意ができています。大君よ、お越し下さい。婿にしましょう。御肴は何がよろしいか。鮑、さざえ、うにがよいでしょうか」というもの。「鮑、

*1 **大国**
律令制で、四等に分けた第一等の国。第二等より順に上国、中国、下国。国司は中央から派遣された地方官で、守《かみ》、介《すけ》、掾《じょう》、目《さかん》の四等官、および史生《ししょう》を置いた。

*2 **催馬楽**
庶民の間に発生した歌謡の一つで、平安時代初期に宮廷貴族の間に取り入れられ、中期には律（二十五曲）・呂（三十六曲）の二種の旋法が定まった。「我家」は呂の一つ。琵琶、箏《そう》、笙《しょう》などを伴奏に用いる。

さざえ、うに」は女性の暗喩。源氏は寝室に夜伽《よとぎ》の女の用意がなくては興ざめだと言うのである。むろん冗談ではあるが、紀伊の守は困惑するしかない。

❖

空蝉に逢う——なぜ部屋の襖は開いたのか

皆が寝静まった時、源氏は空蝉の部屋の襖を開けた。何と襖の掛け金が掛けてなかったのである。空蝉は用心深く慎重で賢い女性である。なぜこの時、襖の掛け金がはずれていたのか、古来から謎とされている。空蝉の不注意なのか、紀伊の守が仕組んだのか、いろいろと憶測はできるが、真相はわからない。源氏は幸運であった。

源氏にとって空蝉は一夜の行きずりの恋の相手に過ぎなかったが、空蝉にとっては自分の不本意な人生を思い知らされる事件となった。夜中に突然源氏に襲われた彼女は、「私を賤《いや》しい身分の女と思って見下すあなたの気持ちを浅ましく思います」と言って、抵抗した。源氏にとってはこういう抵抗が新鮮な驚きであり、空蝉の魅力であった。その後、二度三度と空蝉に逢おうと試みて失敗を繰り返す源氏は恋のヒーローではなく、明らかに三枚目を演じているが、こうした空蝉の手強い抵抗にあって、源氏は「中の品」の女の魅力に目覚める。

光源氏との一夜は、空蝉にわが身の不運をかみしめさせた。空蝉の父は中納言・衛門督《えもんのかみ》であり、公卿の身分であった。彼は生前空蝉を桐壺帝に入内させようと考えていたが、志を遂げずに亡くなった。父の死によって入内は取りやめになり、彼女は伊予の介の後妻になったのである。空蝉にとって入内の夢がついえ、伊予の介の後妻になった今、源氏から求愛されることはわが身の不運と思うほかはない。父の生前にこうして源氏に逢えたならというのが彼女の見果てぬ夢であった。物語は源氏を拒みながら源氏に憧れる空蝉の心中を精妙に語った。

しかし、今どれほど源氏に憧れたからといっても、今の人生を変えることはできない。源氏の言いなりになれば、その場限りで捨てられることは目に見えていた。空蝉の断念には彼女の人生の深い嘆きがこもる。

❖ 夕顔との恋——なぜ彼らは名前を隠したのか

光源氏が五条の粗末な家に住む夕顔に関心を持ったのも、空蝉との出会いを通して「中の品」の女への関心を掻き立てられたからである。夕顔の住まいは「下《しも》の下《しも》」といわれるような庶民階層の世界であったが、今はそうした環境が源氏の関心を掻き立てた。

しかし、光源氏がそうした下層の世界の女に通うことは身分上許されないから、彼は粗末な狩衣《かりぎぬ》

［図版］源氏は紀伊の守の邸で空蝉の寝所に押し入る。気配を察した空蝉は小袿《こうちぎ》を蝉の抜け殻のように残して逃げ去った。『源氏物語手鑑　空蝉』。

姿で覆面をし、牛車は使わず馬や徒歩で人が寝静まった夜中に出入りするというように、徹底して身元を隠していた。それゆえ女は男の素姓を確認できず、源氏も女の素姓がわからないまま、彼らは互いに名前や素姓を隠したままで愛し合うようになった。これは奇妙な恋である。匿名の恋といってよいが、このような恋が平安時代にはよくあったなどと考えては大きな間違いである。

なぜ彼らは名前を隠したのであろうか。特に夕顔は源氏が名乗った後も、「海人《あま》の子なれば」といってはぐらかしていた。これはなぜか。ここでもまた光源氏と夕顔との越えることのできない身分差の現実が夕顔に深い絶望を強いていたと考えなくてはならない。「海人の子なれば」とは、次の『和漢朗詠集』[*2]「遊女」の歌である。

白波の寄する渚に世を過ぐす海人の子なれば宿もさだめず

私は海辺で暮らす漁師の子ですから定まった家もありませんという意味。夕顔がこの歌を口にしたのは、源氏に誘われて五条の家から某《なにがし》の院というさびれた大邸宅に来た時のことである。私は賤しい身の上で定まった家もないから、源氏の誘うままに荒れ果てた邸にまで付いて来たが、源氏と結婚できる身分でもなく、名前を名乗るにも及ばないし、名乗ったところでどうにもならない、そういう夕顔の絶望がこの言葉には込められている。

名前を隠すことは、光源氏にとっては自己を無名の一人の男として、拘束の多い日常性から解放するものとして歓迎されたに違いない。そうすることで夕顔と源氏は現実の身分秩序から脱出して純粋に一対の男と女として対等になれる時空を獲得できたのである。それが匿名の恋であった。そ

*2 **『和漢朗詠集』** 藤原公任撰の歌集。一〇一八年（寛仁二）頃成立。和歌二一六首と漢詩五八八詩（日本人の作ったものも含む）を収める。上下二巻、構成を古今和歌集にならい、上巻に春夏秋冬、下巻に雑の部立。「遊女」は下巻（五〇頁脚注参照）。

れゆえ匿名であることによって保持されていた愛の時空は、源氏の名乗りによって崩壊するほかはない。物の怪《け》による夕顔の急死は、そのような恋を許さない現実の身分秩序の掟を象徴していたと言えよう。物の怪は源氏が夕顔のような身分の低い女を愛することが許せないと言った。

「海人の子なれば」といって死んだ夕顔は実は三位中将の姫君であった。彼女も公卿の娘であり「上《かみ》の品」であったが、父の死によって落ちぶれたのである。後見を失った夕顔は頭の中将の愛人になって娘（玉鬘《たまかづら》）をもうけたが、頭の中将の正妻に脅迫されて乳母《めのと》の家に身を寄せるものの、そこも居づらくなって五条の借家に身を隠していた時に源氏と出会い、源氏に誘われて荒廃した某の院に

［図版］源氏が夕顔を某の院に連れ出した夜、美しい女が夕顔をかき起こす夢を見て目がさめた。風が強く灯も消えていた。源氏は従者に紙燭を持ってこさせた。すると夕顔の枕上に夢に見た女の姿が現れて消えた。几帳の下に臥す夕顔は息絶えていた。物の怪が夕顔をとり殺したのである。左の女は侍女の右近。『絵本源氏物語　夕顔』。

移った夜、物の怪に取り殺されたのであった。没落する貴族の姫君の哀切な生涯であった。「海人の子なれば宿もさだめず」は、夕顔にとって誇張ではなく実感であったろう。住まいを転々としたことは「海人の子」の比喩のとおり「さすらい」の人生を象徴する。

空蟬や夕顔の物語は光源氏や頭の中将という上流階層の男たちの理解の及ばない、「中の品」の女の嘆きや悲しみを語るところに主眼があったといってよい。空蟬は源氏がどうして逢ってくれないのか、なぜ訪ねていくと隠れてしまうのかと問うたのに対して、

数ならぬ伏屋《ふせや》に生ふる名のうさにあるにもあらず消ゆる帚木《ははきぎ》（帚木巻）

と返歌した。人並みでもない賤しい家に生まれた私は、それがつらくて源氏の前にいることができず姿を隠すのですと。光源氏は彼女たちの心を捉え、賛仰されながら、しかし、彼女たちの人生の悲しみや絶望の深みはついに理解しえなかった。そのような断絶を物語は語った。光源氏にとって空蟬に拒絶され、夕顔に名乗りをしてもらえなかったことは、思いも寄らないことであったが、しかし、そういう落ちぶれた女たちとの恋をとおして、光源氏は一回り豊かな人間へと成長してゆくのである。空蟬、夕顔との出会いと別れは光源氏十七歳の夏から秋の物語であった。

❖第五回❖

光源氏はなぜ朧月夜と密会を重ねたのか

光源氏の罪と罰

❖

うぬぼれ慢心する光源氏

光源氏は十二歳で左大臣の一人娘の葵の上と結婚したが、この結婚はどのような意味を持っていたのであろうか。この結婚は桐壺帝が左大臣と組んで、東宮の外祖父である右大臣の勢力の伸張を抑えようとした政略結婚であった。それはみごとに成功して、右大臣の威勢は一気に衰えたと語られた。右大臣家はこれまで何かにつけて桐壺帝に圧力をかけて、東宮の即位を早めようとしてきたが、今やそれは不可能になった。これ以後の約十年間、桐壺帝の強力な親政のもとに文化隆盛の時代が到来する。桐壺帝の父院の長寿を祝う朱雀院の紅葉《もみじ》の賀《が》宴（紅葉賀巻）や、紫宸殿《ししんでん》の桜花の宴（花宴《はなのえん》巻）は桐壺朝聖代の証であった。

［図版］桐壺帝は父院のために朱雀院で盛大な紅葉の賀宴を行った。光源氏と頭の中将が青海波《せいがいは》を舞った。『絵本　源氏物語　紅葉賀』。

光源氏の人生はそうした桐壺帝と左大臣の強力な庇護のもとに順風満帆であった。人々は常に源氏を称賛し、儀式の場では「まずこの君を光にし給へば」（花宴巻）ともてはやしたが、それが源氏を慢心させ増長させた。葵の上を顧みないだけではなく、藤壺との密通に至ったのも、慢心や増長と無関係ではない。これが左大臣への不義理であり、父桐壺帝への裏切りであったことはいうまでもない。

そういう光源氏に物語の語り手は苦言を呈していた。藤壺が源氏の子を懐妊した時、源氏は不思議な夢を見た。夢解きに占わせると、源氏が天皇の父になる夢だが、一時期逆境に遭い謹慎しなければならないことがあると占った。この夢占いが何を意味するのか不審に思っていたところ、藤壺が源氏にそっくりの子を出産した。桐壺帝は若宮を源氏にそっくりだと言って見せた。源氏は恐ろしくもあり、もったいなくもあり、嬉しくもあり、感に堪えなかったが、皇子に似ている自分は本当に貴く大切な身であると思う。だが、そう思う源氏に対して、語り手は「あながちなるや」（紅葉賀巻）、身びいきに過ぎると批判した。罪への自覚がなくいい気になっているというのである。

桐壺帝が朱雀帝に譲位した時、藤壺の産んだ皇子が新東宮に立った。実は源氏の子である。源氏は夢占いへの信頼を強めた。しかし、父桐壺院の死後、朱雀帝の外戚で今や摂関家となった右大臣家は源氏をあからさまに冷遇した。源氏は不遇をかこち、親しい友人や学者たちを集めて和歌や漢詩を作る会を催して、憂さ晴らしをする。出席者は皆例によって源氏の作を褒めちぎったが、その時源氏は「我は文王の子、武王の弟、成王の叔父なり。我天下に於いて亦賤しからず」という、『尚書《しょうしょ》』や『史記』の周公旦《しゅうこうたん》の記事の一節を口ずさんだ。

周公旦は中国、周王朝の賢臣で孔子が理想とした聖人。文王の子で、武王を助けて周王朝を樹立し、武王の子の成王を助けて周の制度、文物を定めたとされる。源氏はこの時桐壺院を文王に、朱雀帝を武王に、東宮を成王に、自分を周公旦になぞらえたのである。それによって何を言いたかっ

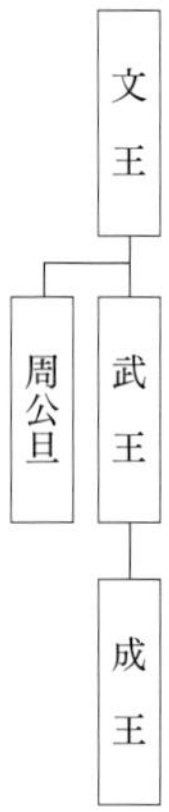

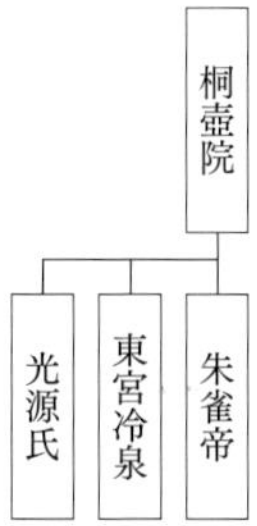

たのか。今の右大臣政権の下で不本意で不当な処遇を蒙っていると訴えたかったのであろう。桐壺院の遺言どおりに朱雀帝を補佐したくてもできず、東宮のためにも目に見える後見をなしえない、そういう現政権への不満である。

光源氏は自らを周公旦になぞらえたように、「わが御心地にもいたう思しおごりて」（賢木《さかき》巻）、慢心していた。そういう源氏を、語り手は「成王の何とかのたまはむとすらむ」と皮肉る。周公旦は成王の叔父であるが、源氏は東宮の叔父ではない。世間には秘密であるが、実の父である。語り手は源氏の痛いところをつく。自分を周公旦になぞらえることが本当にできるのかと。本当に周公旦のような聖人と思っているのかと。

❖ 朧月夜はなぜ名のらなかったのか

朧月夜《おぼろづきよ》に逢った時、「まろは皆人に許されたれば」（花宴巻）と言い放ったのも慢心以外の何ものでもない。源氏二十歳の春の紫宸殿における桜花の宴は、桐壺帝の治世の最後を飾る晴儀であったが、そこでも源氏は晴儀の光ともてはやされ、彼の漢詩は絶賛された。右大臣の六女で弘徽殿女御の妹の朧月夜と出会ったのはその夜であった。

源氏は宴が終わって藤壺のあたりを窺うが、戸口は固く閉ざされていた。ほろ酔い気分の源氏はそのまま帰る気になれず弘徽殿に立ち寄った。その時奥から

［図版］ほろ酔い気分の源氏は弘徽殿に立ち寄り、「朧月夜にしくものぞなき」と口ずさむ女と出会い、一夜を過ごす。『源氏物語絵色紙帖　花宴』。

照りもせず曇りもはてぬ春の夜の朧月夜にしくものぞなき（大江千里集）

「春の夜の朧月夜のすばらしさに及ぶものはない」と、美しい声で口ずさみながら来る女がいる。この歌によって彼女は朧月夜と呼ばれるのだが、源氏はこの女の袖を捉え、怖がる女に「まろは皆人に許されたれば」と名のり、情熱的な一夜を過ごした。別れに臨んで源氏は女の素姓を確かめようと、名のりを求めるが、女ははぐらかす。

憂き身世にやがて消えなばたづねても草の原をば問はじとや思ふ（花宴巻）

つらい身の上の私がこのまま名のらずに死んでしまったなら、あなたは私の墓を探して訪ねてはくださらないのか。源氏がこれからも逢いたいから名前を教えてほしいと言ったのに対して、女はそういうやぼな質問のしかたをなじったのである。才気煥発な歌である。しかし、この歌には不吉なイメージがある。

女はなぜ名のらなかったのか。実はこの時朧月夜には名のりにくい事情があった。彼女は二ヶ月後には東宮（朱雀帝）への入内が決まっていたのである。そういう時に源氏と逢ったことで、彼女は東宮妃から将来は朱雀帝の皇后になるという自分の人生が破綻するかもしれないという暗い予感が胸をよぎったに違いないのである。この歌は「憂き身（浮き身）」「消え（死）」「草の原（墓）」という縁語と掛詞によって、自分の身が川に流れて行方不明になるという流離と死のイメージを喚起する。朧月夜は源氏との出会いに何か不吉な運命を予感したのである。
朧月夜と源氏との恋は間もなく右大臣の知るところとなり、彼女は女御としての入内が取り止めになり、代わりに事実上の妃ではあるが、公式には御匣殿《みくしげどの》の別当という女官の立場で東宮に仕えることになる。その後朱雀帝が即位すると、朧月夜は尚侍《ないしのかみ》となる。尚侍も女官の身分であるが事実上の妃として、これは格上げの意味を持っていた。しかし、これは右大臣家にとって後宮政策のつまずきであったから、源氏に対する反感をつのらせた。
一方、源氏は右大臣家の思惑などまったく意に介さないかのように、朧月夜との密会を重ねた。朱雀帝が五壇《ごだん》の御修法《みずほう》*1のために謹慎している隙をうかがって、初めて逢った弘徽殿の細殿で逢うとか、朧月夜が右大臣邸に退出した時に逢うというように、大胆な逢瀬を重ねた。最後は右大臣に見つかってしまうのだが、そういう源氏の行動には右大臣家に対する挑戦的で挑発的な心理が働いているように見える。右大臣に密会を見つけられた時も、源氏は悪びれたふうもなく右大臣のあわてぶりを悠然とながめていた。源氏の態度は右大臣家をことさらに軽んじ馬鹿にするものだと、弘徽殿大后が激怒したが、そのとおりであった。

❖

光源氏は密会にどんな思いを抱いていたのか

こうした源氏の態度や行動は慢心のなせるわざと言ってよい。その不遜で尊大な思い上がりが、藤壺懐妊時の夢解きのもう一つの予言、逆境に遭い謹慎しなければならないことがあるという予言への顧慮を怠らせた。慢心が逆境を引き寄せる。

*1 **五壇の御修法**
天皇や国家の重大事に行う修法。

桐壺帝は譲位して二年後、源氏二十三歳の冬に亡くなったが、その時から右大臣と弘徽殿大后の反撃が本格化した。正月の除目《じもく》*2のころにはかつては馬や車でごった返した源氏の邸だが、今や訪ねて来る者はいない。これまで寵児ともてはやされたのは源氏の実力によるものではなく、桐壺院の庇護のお蔭であったのである。時代は変わったのである。源氏は不遇不満の思いをつのらせたが、自重しなければならないと自覚していたようには見えない。それどころか、朧月夜との密会を重ねるというように、みずから墓穴を掘るような挙に出ていた。何につけても聡明な源氏に似つかわしくないが、この時期の彼はそうする以外に鬱憤の晴らしようがなかったのである。

源氏は朧月夜との密会によって除名処分の憂き目にあう。除名とは官位剥奪という厳しい処分である。それにとどまらず謀反の罪で流罪にされるかもしれないという情報を入手し、源氏は須磨に下ることを決意する。これが朧月夜との密会の代償であった。

それにしてもこの無謀な密会に源氏はどんな思いを抱いていたのであろうか。物語は立ち入って語らないが、右大臣や弘徽殿大后への挑戦だけでなく、朱雀帝に対してもないがしろに思う意識があったのではなかろうか。七歳の時に高麗《こま》の相人《そうにん》から「帝王の相」があると予言され、藤壺の懐妊の時の夢占いでは天皇の父になると言われたことが、源氏のわが身を尊貴とするうぬぼれを強めたに違いないのである。だが、うぬぼれをコントロールする自覚や自重を持つには、若すぎた。また周囲に源氏を誡める人もいなかった。うぬぼれた光源氏が人間的に成長するためには試練が必要であった。

*2 **除目**
京官、外官の諸官を任命すること。またその任命の儀式。儀式は春秋の年二回行われ、春の除目は正月三夜にわたった。清涼殿の御前にて行われた。

第六回

光源氏はなぜ須磨に下ったのか

わが身を菅原道真になぞらえる

どうして須磨でなければならなかったのか

光源氏は二十六歳の春三月、人目に付かぬように夜明け前の暗い時分に自宅の二条院を出て、須磨に下った。弘徽殿大后《こきでんのおおきさき》が源氏の失脚を計って謀反の罪を着せようとしているという情報を得ていたからである。謀反の罪とは何か。東宮の後見である源氏が、東宮の早期の即位をねらって朱雀帝への謀反を企てたとして流罪にするということである。そうなれば同時に東宮も廃太子にできるし、源氏が政界に復帰する可能性はなくなる。新しい東宮には弘徽殿方に都合のよい皇子を立てればよい。これが弘徽殿大后の策であった。今の源氏にはこうした弘徽殿・右大臣の強権政治に立ち向かう術はない。彼は意を決して須磨に下り、謹慎の意思を示すとともに、わが身の潔白を証明するほかなかった。

しかし、どうして須磨でなければならなかったのか。正確な答えができないが、物語では在原《ありわらの》行平《ゆきひら》*1の流謫《るたく》の地が選ばれたことになっている。『古今集』によれば、文徳天皇の時代に行平は何か事件にかかわって、須磨に引退して謹慎したことがあった。

田村の御時に、事にあたりて、津の国の須磨といふ所に籠もり侍りけるに、宮の内に侍りける人に遣はしける　在原行平朝臣

わくらばに問ふ人あらば須磨の浦に藻塩たれつつわぶと答へよ

詞書には「事にあたりて」「籠もり」とあり、左遷や流罪ではないことを示す。左遷や流罪であれば、「罪にあたりて」「流され」というふうに記される。しかし、歌は「私のことをどうしているかと尋ねる人がいたら、須磨の浦でわびしく過ごしていると答えてください」というので、何か処罰を受けていたと考えなければならない。こういう行平の例が光源氏の須磨退去の準拠にされたのである。伝説では行平の住まいは今の須磨寺のあたりとされ、源氏もその行平の住まいの近くに居を構えた。

謀反の罪は平安時代では政敵を失脚させる一番手っ取り早い方法であった。光源氏は須磨に下っても自分は無実であると言い続けたが、そういう時に引き合いに出されたのが菅原道真（八四五〜九〇三）である。道真は宇多天皇によって抜擢され、右大臣になったが、これを快く思わなかった左大臣藤原時平によって謀反の嫌疑をかけられ、九〇一年突如大宰権帥《だざいのごんのそち》に左遷された。謀反の嫌疑とは道真の娘が宇多天皇に入内し、斉世《ときよ》親王を生んでいたので、道真が外孫の斉世親王を即位さ

*1 **在原行平**
八一八〜八九三。平安時代の歌人、公卿。平城天皇の皇子阿保親王の次男で、在原業平の兄にあたる。須磨に引退していたとき、松風、村雨という姉妹の海女を愛したという伝説が謡曲『松風』などに伝えられる。行平が姉妹に家を問うたときの返歌が「白波の寄する渚に世を過ぐす海人の子なれば宿もさだめず」（三八頁脚注参照）。

せようと醍醐天皇を廃することを企てたというものである。大宰府にあって道真は無実を訴える詩を書き続けた。結局道真は赦されることなく大宰府で亡くなるが、その二年間に書かれた作品を集めたのが『菅家後集《かんけこうしゅう》』である。

源氏は須磨に下って五ヶ月目、八月十五夜に、前年のその夜、清涼殿で催された詩歌管弦の遊びの折に朱雀帝から御衣《おんぞ》を拝領したことを思い出して、「恩賜の御衣は今ここに在り」と口ずさむが、それが『菅家後集』に載る「九月十日」という有名な詩の一節である。

[図版] 菅原道真の肖像。

去年の今夜清涼に侍す
秋思の詩篇独り腸《はらわた》を断つ
恩賜の御衣は今ここに在り
捧げ持ちて日毎に余香を拝す

昌泰三年（九〇〇）九月九日の重陽《ちょうよう》の節の翌日の詩宴で、道真は「秋思」という題で痛切な思いを込めた詩を作るが、その詩に醍醐天皇が感嘆して御衣を賜った。それを大宰府に持参して日ごと余香をかいでいるというのである。源氏は自分を道真になぞらえて道真同様に無実であることを訴える。

晩秋のころには須磨の陋屋《ろうおく》の奥深くまで差し込んでくる入り方の月光を見ながら、「ただこれ西に行くなり、左遷にあらず」と口ずさむ。これも『菅家後集』の「月に代りて答ふ」という詩の一節である。道真は西に行く月にわが身をなぞらえて、自分が西国に流されて来たのは左遷ではない、

［図版］須磨に下って半年、源氏は無聊の日々に堪えかねていた。晩秋、萩や紫苑や薄などの咲き乱れる頃、海を見渡せる廊に出てみると、雁の鳴き声や船の櫓をこぐ音が悲しく聞こえて、寂しさがつのった。『源氏物語手鑑　須磨二』。

無実だと詠む。源氏はそれを口ずさんだ。

❖ 源氏は果たして無実か

光源氏は須磨に下って一年が経った三月上旬の巳の日に海辺に出て祓えを行った。等身大の人形《ひとがた》にわが身の穢れや不祥を撫でつけて流した。上巳《じょうし》の祓《はらえ》という。その時に源氏は神仏に向かって無実を訴える歌を詠んだ。

八百よろづ神もあはれと思ふらむ犯せる罪のそれとなければ（須磨巻）

八百よろづの神々も私を憐れんでくださるであろう。私はこれという罪は犯してはいないのだから。神々に無実を訴えるくらいに、源氏はわが身の潔白を主張し続けた。

源氏には朱雀帝を廃しようとする意図はなかったのだから、謀反は無実であるが、朧月夜との密通は罪に当たらないのだろうか。このあたりが具体的な記述がないので分かりにくいところだが、源氏は朧月夜との件は除名処分に当たるような重い罪ではないと思っていたらしい。その理由は朧月夜は朱雀帝の尚侍《ないしのかみ》であって、女御《にょうご》という帝の正式の妃ではないこと、つまり女官との恋なのだから処分は不当である、少なくとも除名処分は重すぎると考えていたと見られる。それに朧月夜との恋は彼女が朱雀帝に仕える以前から始まっていたという事情もあった。

この歌を詠んだ直後に突如暴風雨が襲い、京でも政務が途絶えるほど二週間近くも嵐が荒れ狂う。

この嵐が源氏の無実の訴えを咎めるものか、あるいは源氏を須磨に追いやった朝廷への諭しであるのか、はっきりしないが、両方の意味があったと見てよい。嵐の最後の段階では高潮が襲い源氏の御座所の近くに落雷があり、源氏も従者も生きた心地もしなかった。その嵐が静まった夜、故桐壺院が源氏の夢枕に立って、源氏を励まし須磨の浦を立ち去るように告げるとともに、宮中の朱雀帝にも言うべきことがあると言って去った。朱雀帝はその夜、桐壺院ににらまれて源氏の件で叱責される夢を見、それ以来目を患うようになった。この桐壺院の言葉によって源氏は明石に移住し、朱雀帝は後に源氏を召還することになる。

❖ 須磨での暮らしはどのようなものだったか

源氏は須磨でどのような暮らしをしていたのだろうか。須磨に下る時に持って行ったものは、漢籍、仏教の経典、『白氏文集《はくしぶんしゅう》』、琴《きん》の琴《こと》などである。その住まいはどんな住まいだったのだろうか。親友の頭《とう》の中将が訪ねたとき、彼は源氏の住まいが竹で編んだ垣根をめぐらし、石の階段に松の柱、庭には泉があり、室内には碁や双六の盤、弾棊《たぎ》[*2]などが置いてあり、中国風の風流な住まいの印象を受けたとある。実は、これは白居易が後年香鑪峰《こうろほう》のふもとに造った草堂[*3]をまねていたのである。『白氏文集』によれば、白居易の草堂は奥行き五間、間口三間であったが、源氏の場合は母屋のほかに茅屋《かやや》や葦でふいた廊に似た建物があり、遣り水が引かれたから、もう少し規模が大きかったようだ。頭の中将の言うように中国風であると同時に、和風との折衷であったと考えてよい。そのことについても、弘徽殿大后は源氏は須磨で風流な住まいを構えて、世間を非難していると罵っ

*2 **弾棊**
盤の上に載せた黒白の石を手で弾き、石を当てて勝敗を競う遊戯。

*3 **白居易の草堂**
律詩「香鑪峰下、新たに山居を卜し、草堂初めて成り、偶たま東壁に題す」

た。

　そこで源氏は日々どのように過ごしていたのであろうか。彼は都の人々へ手紙を書き、釈迦牟尼仏の弟子と名のってお経を唱え、絵を描き、日記をつけ、手習いをし、琴を弾き、書見することを日課にしていた。その他、惟光《これみつ》や良清という家来たちとは碁や双六を打つこともあった。しかし、一番熱心だったのは、わが身に備わる前世からの罪障の消滅を祈って、毎日仏道の勤行《ごんぎょう》に励んだことである。これは政治的に無実であると主張するところと矛盾するようであるが、それとは問題が別なのである。源氏は「かく憂き世に罪をだに失はむ」（須磨巻）と、精進潔斎をして勤行に励んだ。自分には前世からの罪業があると思っていたからである。須磨の所在なく流れる時間の中で、源氏は自分の人生を顧み、また人の心の美しさと変わりやすさ、頼みがたさをしみじみと思い知るのである。

　須磨への退去は光源氏にとって人生ではじめて体験した苦難の道であったが、それが源氏を人間的に成長させる。弘徽殿大后という強力な政敵が源氏に罪を自覚させ、目覚めさせたのである。帰京後、政権の座に着いた源氏が弘徽殿大后に礼を尽くすのは、大后が源氏にとって人生の意味を教えてくれたことを悟ったからであろう。人生には敵役も必要なのである。

❖第七回❖

予言はどのようにして成就したか

光源氏の政権の確立

❖ 光源氏の帰京の政治的背景とは

須磨、明石にさすらうこと、二年四ヶ月、光源氏は帰京を許された。理由は朱雀帝の眼病が思わしくなく、東宮も大人になったから譲位しようということであった。そのためには、東宮の後見として亡き桐壺院が遺言していた光源氏を召還する必要があった。

眼病に苦しんだ天皇として、三条天皇（九七六〜一〇一七）がいる。紫式部も同時代なので当然知っていたはずである。『大鏡』によれば桓算供奉《かんざんぐぶ》という延暦寺の僧の霊が天狗となって三条天皇に乗り移って羽で眼を覆っているが、たまに羽ばたきをするときに、天皇の眼が見えるというのである。そういう天皇に藤原道長は外孫の敦成《あつひら》親王（後一条天皇）の即位を早めようと退位を迫ったが、三条天皇は簡単には承知しなかった。中世の源氏注釈書はこの三条天皇の眼病を朱雀帝の眼病の準拠としている。

しかし、物語における朱雀帝の眼病の原因は、須磨や都に嵐が吹き荒れた時、朱雀帝が夢の中で亡き桐壺院から源氏のことで叱責され、睨まれたことに起因していた。これは朱雀帝にとって父桐壺院の遺言に背いたことを咎められたことであったから、心理的精神的なダメージが大きかったのである。桐壺院は生前朱雀帝に対して光源氏を補佐役として重用することと、東宮冷泉を守ることを遺言していたが、朱雀帝はその遺言を十分に守ることができなかったからである。

弘徽殿大后は光源氏の帰京に最後まで反対したが、朱雀帝は母大后の意向に背いて源氏の召還を決定した。この時期には朱雀帝の外祖父の右大臣（関白太政大臣になっていた）も亡くなり、弘徽殿大后も病気がちで、朝廷の中に反右大臣勢力が盛り返してきたのである。源氏の召還の背景にはそのような朝廷の政治状況の変化があった。

光源氏の帰京は二十八歳の秋、須磨に下ったのは二十六歳の春であったから、二年半ぶりの帰京であった。朱雀帝との対面は八月十五夜の満月の美しい晩であった。八月十五夜は源氏にとっても朱雀帝にとっても特別な夜なのである。須磨に下った年のその夜、源氏は前年の同じ夜に管弦の遊びの折りに朱雀帝から御衣を賜ったことを思い出して、菅原道真の「恩賜の御衣は今ここに在り」を吟じた。これについては前にも触れた。そういう忘れがたい八月十五夜、二人は久しぶりの対面をした。その時に次のような歌を詠み交わした。

光源氏　わたつ海にしなえうらぶれ蛭《ひる》の子の脚立たざりし年は経にけり

朱雀帝　宮柱《みやばしら》めぐりあひける時しあれば別れし春の恨みのこすな（明石巻）

源氏の歌はイザナギとイザナミの国生み神話の蛭子の故事をふまえる。蛭子は二神の最初の子であったが、三年経っても脚が立たなかったために葦船に入れて流されたという話である。大江朝綱《おおえのあさつな》（八八六～九五七）はこの話を「かぞいろはあはれと見ずや蛭の子は三年になりぬ脚立たずして」（日本紀竟《きょう》宴《えん》和歌）と詠んだ。父母は蛭の子をかわいそうだと思わないのだろうか、三年たったが脚が立たないので船に乗せて流してしまうとは。

源氏は自分を蛭

［図版］朱雀帝は源氏のことで桐壺院に叱責される夢を見る。そのため、朱雀帝は目を患う。『絵本　源氏物語　明石』

子になぞらえて三年ものあいだ海辺でおちぶれた暮らしをしてきたと恨んだ。これはどういう意味を持っているのだろうか。この歌は自分を流謫の境遇に追い込んだ朱雀帝の責任を問う歌であった。桐壺院は朱雀帝に対して源氏を補佐役として重んじるように遺言したが、それを朱雀帝は守ることができなかった。源氏は桐壺院の遺言を盾にして朱雀帝の責任を問う。光源氏はしたたかである。それに対して朱雀帝はこうして再会できたのだから昔のことは水に流して忘れてくれと答える。自分が召還したのだから償いはしたということである。桐壺院の遺言どおりに東宮に譲位して、源氏に後見をゆだねるのだから、今さら「別れし春の恨みのこすな」というのである。この夜の二人の対面はきびしい対面であったが、これが和解の儀式でもあった。

［図版］明石入道の迎えを受けて源氏は明石に移住する。明石の君のもとを訪れる源氏。『源氏物語色紙絵 明石』。

桐壺院追善の法華八講の意味

朱雀帝と対面し和解した源氏はさっそく父桐壺院の追善の法華八講の準備に取りかかる。須磨の嵐の夜、夢に現れた桐壺院は源氏に対して、自分は在位中過失はなかったが、知らず知らずに犯した罪があったので、冥界でその償いをしていたと話した。桐壺院は聖代を実現した帝であったはずだが、実は冥界で苦しんでいたのである。

こういう桐壺院の話も醍醐天皇に拠っていた。醍醐天皇が桐壺院の準拠とされることは前にも触れたが、「延喜聖代」を実現した醍醐天皇は、実は菅原道真を左遷したために死後地獄で苦患《くげん》に沈んだという伝承があった。日蔵上人《にちぞうしょうにん》という者が地獄巡りをした時、鉄窟苦所《てっくつくしょ》で醍醐天皇に会った時の話とされる。[*1] しかし、なぜ光源氏が主催するのか。桐壺院の遺言を守れなかった朱雀帝にはその資格がないのである。

それでは源氏が主催する意味は何か。それは新しい光源氏の政権が桐壺院の時代の政治を継承することを世間に宣言することであった。桐壺院の時代の政治とは親政であった。外戚の権門の干渉を排除して親政による政治を桐壺院は行った。冷泉帝が即位して、源氏が後見する時代の政治はそういうかたちのものになるということをアピールするのである。朱雀帝の時代は外戚右大臣家の専横によって王権がないがしろにされたが、そうではない政治、理想的な王権を目指すという光源氏の宣言であった。「神無月に御八講し給ふ。世の人なびき仕うまつること昔のやうなり」（澪標《みおつくし》巻）というように、光源氏の意図は歓迎された。源氏二十九歳の二月に冷泉帝が即位し、源氏は内大臣になった。

*1　この伝承の成立は古く紫式部も聞いていた可能性がある。『日蔵夢記』『宝物集』『十訓抄』『沙石集』等に載る。

そのころ源氏は明石で結婚した明石の君に女の子が産まれたことを知る。実は源氏は須磨の嵐の静まった早朝に、明石入道の迎えを受けて明石に移住したのだが、明石入道は源氏の母の桐壺更衣といとこであり、娘を源氏と結婚させたいと住吉神に祈り続けてきたのだった。源氏はそういう話を入道から聞かされ、娘が聡明で琵琶や琴の名手であることを知ると、自分が明石までさすらって来たのも前世からの因縁があってのことと思い、娘と結婚した。源氏が帰京するころには、明石の君は妊娠三ヶ月くらいになっていたから、彼女は帰京した源氏が自分を見捨ててしまわないかと心配した。

❖

予言どおりになっていく光源氏の人生

その明石の君に姫君が生まれたことを知った時、源氏は宿曜《すくよう》の予言を思い出す。宿曜は星占術である。その占いによれば、源氏には三人の子供が生まれ、一人は天皇、一人は皇后になり、劣りの子は太政大臣になるというのであった。源氏がいつそういう占いを得ていたのか分からない。これまでも源氏は七歳の時に高麗《こま》の相人《そうにん》から「帝王の相」があると予言され（桐壺巻）、十八歳の時には天皇の父になるという夢占い（若紫巻）があった。宿曜の占いは三つ目の予言である。むろんそういう予言を承知しているのは光源氏本人だけであるが、源氏は自分の人生が予言の通りになっていく人生であると確信するようになった。

その根拠は世間には秘密であるが、実は源氏の子である冷泉帝が即位したことである。これは宿曜の予言の実現であると同時に、夢占いの予言が的中したことでもある。源氏は明石で生まれた娘も将来必ず皇后になると確信し、息子の夕霧が太政大臣になることも十分期待できると思う。宿曜の予言はこうして光源氏の子孫が繁栄を極めることを予言していたのである。光源氏の予言の物語は源氏本人の数奇な運命を語るだけでなく、光源氏が新しい源家の先祖になり、その子孫が繁栄するという源家一門の栄華を語る物語でもあった。

その時、源氏は高麗の相人から「帝王の相」があると予言されたことについても考えた。「帝王の相」の予言は自分が天皇になることではなく、天皇の父になることであったと了解する。父桐壺院が自分を臣下にしたことを考えると、自分は天皇になる運命にはなかったのだが、冷泉帝の父になったことで、予言は成就したと考えた。源氏が冷泉帝の後見として理想の政治を実現するのは、彼の「帝王の相」の実現であったと考えてよい。源氏物語の語り手は政治は女の語ることではないと言って、政治的な話題を遠ざけるふうであるが、そう言いながら政治主題の物語を語り続けたのである。源氏物語はそういう逆説的韜晦《とうかい》的な文学であるところにも注意を払いたい。

第八回

光源氏の政権運営はいかに巧妙であったか

光源氏の人心掌握術とは

政治家・光源氏の権勢家への道

冷泉帝の後見として政権を握った光源氏の政治家としての行動を見てみよう。政権の安定のために源氏の取った人事政策はたいへん巧妙であった。源氏は内大臣になったが、これは左右大臣の席が埋まっていて、空席がないので、令外《りょうげ》の官[*1]である内大臣に就任したというのである。この左右大臣は朱雀帝の時代の右大臣政権下で抜擢された者であったから、反光源氏派であったが、源氏はそこには手を付けなかった。右大臣政権下では光源氏のみならず、源氏派とみなされた者は露骨に排斥され、源氏のかつての舅であった左大臣が抗議の辞職をしたほどであるが、そういう人事を源氏は行わなかった。

＊1 **令外の官**
「職員令」のほかに設置された官職。

むしろ源氏を失脚させた張本人である弘徽殿大后に対しても礼儀を尽くして、敗れた敵対者は懐柔するという策を取った。これが源氏の人心掌握術である。右大臣政権が敵味方を峻別して貴族層の対立を激化させたことを、いわば他山の石としたのである。

その上で、光源氏は右大臣政権下で不遇な目に遭い、辛酸をなめた人々を抜擢し、彼らの労苦に報いた。辞職した元の左大臣を摂政太政大臣に就けたのはその最たる例である。世間では内大臣になった源氏がそのまま摂政になるものと考えたが、源氏はあえて摂政を元左大臣に譲り、政権担当者として表立つことを避けた。ここで光源氏は儒教的な為政者の理想像としての謙抑的な態度を示したのだと考えられる。政治家光源氏は徳義をそなえた為政者であると、世間の好評を博した。源氏はそのことを十分計算していた。

とはいえ、光源氏の内大臣は天皇の後見という地位であり、実質的に政権を仕切っていたことは明らかである。内大臣の地位は概して言えば、左右大臣に次ぐ地位であったが、光源氏の内大臣は左右大臣を凌いでいた。光源氏の官職については注意が必要である。

要するに源氏は論功行賞的な人事と懐柔策とを併用した人事を行ったのであるが、懐柔策は無用な対立を回避する上では有効であり、源氏の政権運営は思慮深く巧妙であった。

政権の基盤を固めた光源氏が次に着手したのが後宮対策である。冷泉帝の後宮には昔の頭の中将、今の権中納言《ごんちゅうなごん》の娘が入内した。弘徽殿女御《こきでんのにょうご》という。また冷泉帝の伯父の式部卿の宮も娘の入内を計画していた。二人とも有力な皇后候補である。ところが、源氏には手頃な娘がいない。後宮対策は光源氏にとって政権の浮沈のかかる重大事であった。もし、冷泉帝が権中納言の娘の弘徽殿女御を皇后に立てるようなことになれば、宮廷における源氏の発言力は当然低下する。権中納言が源氏を凌駕することにもなりかねない。光源氏政権の安泰のためには、後宮対策が不可欠であった。
そういうときに伊勢の斎宮《さいぐう》*2になっていた六条御息所《みやすどころ》の娘が、天皇の交代にともなって帰京した。御息所も斎宮と一緒に伊勢に下っていたのだが、帰京後御息所は病気になり、見舞った源氏に娘の後見を依頼して亡くなった。御息所の娘は源氏の叔父にあたる亡き東宮（桐壺院の弟）の姫宮である。御息所は夫の東宮の死後に源氏に求愛されて恋人になったが、まもなく源氏の熱が冷めて源氏を恨んだ。その恨みは源氏の正妻の葵の上の出産の時に物の怪《け》となって葵の上に取り憑き、さんざん苦しめたあげく取り殺すという事件を引き起こすほど深かった。御息所は源氏を恨みながら諦められずに苦しみ、娘が斎宮になった機会に源氏との仲を清算しようと、斎宮と一緒に伊勢に下ったのであった。

その御息所から娘の後見を依頼された源氏は、冷泉帝の生母である藤壺と相談して、彼女を養女として冷泉帝に入内させた。梅壺女御という。故東宮の姫宮という梅壺女御の出自は権中納言の弘徽殿女御や式部卿の宮の王女御に決して劣ることはない。源氏にとって、梅壺女御は六条御息所からの願ってもない贈り物となったのである。源氏としても梅壺女御を手厚く後見することは御息所に対する償いでもあった。当時の霊魂観によれば、現世に心残りや恨みを抱いて死んだ亡者は祟ると考えられたから、源氏としては御息所の現世への心残りや恨みを解消してやるためには、娘の梅壺女御を厚遇することが最善の方法であった。後に梅壺女御は中宮になる（秋好《あきこのむ》中宮）が、御息所の霊はそのことに対して源氏に礼を述べた。こうして源氏は冷泉帝の後宮にも他者のつけ入る隙のない体制を築いた。

*2 **斎宮**
天皇の名代として伊勢神宮に遣わされた未婚の内親王または女王。古代から南北朝時代まで続いた。斎王。

❖ 宮中での「絵合」は光源氏の政策の一環だった

摂政太政大臣と内大臣光源氏に支えられて、冷泉帝の治世は文化隆盛の聖代となる。物語はこの時代を桐壺帝の時代とともに親政の行われた理想的な時代であると語った。中世の注釈書はこの桐壺帝と冷泉帝の時代を、歴史上の醍醐天皇と村上天皇の時代に準拠していると論じ、二人の天皇の

［図版］絵合は藤壺中宮の御前と冷泉帝の御前と二回行われた。これは帝の御前での絵合の場であるが、帝は描かれていない。画面右奥が藤壺、中央が源氏。『源氏物語手鑑　絵合』。

年号に基づいて延喜天暦《えんぎてんりゃく》準拠説を唱えたことは、前にも触れた。

その冷泉帝の時代が村上天皇の「天暦」に準拠するという根拠とされたのが、「絵合《えあわせ》」の行事である。冷泉帝は最初に入内した弘徽殿女御に親しんでいたが、後から入内した梅壺女御が絵が上手であったので彼女に心を移した。冷泉帝は絵の趣味があり、自分でも上手に描いた。絵は光源氏も専門の絵師をしのぐ名手であって、冷泉帝はまさしく源氏の血を引いていたのである。

梅壺女御と冷泉帝が絵を介して親密になったことに、弘徽殿女御の父の権中納言が危機感をつのらせて新作の絵を収集したので、宮中では突然絵画熱が盛り上がった。こうして物語絵の絵合が藤壺女院の前で行われることになった。

絵合は実際の史実にはないが、物合《ものあわせ》の一つと考えればよい。物合とは左と右のチームに分かれて、その物の優劣を競う遊びである。菖蒲の根を合わせる根合、女郎花合《おみなえしあわせ》、菊合、また歌合や物語合なども行われた。

藤壺女院の御前の絵合では、梅壺方は『竹取物語』や『伊勢物語』など一時代前の物語の絵を出し、弘徽殿方は『宇津保物語』や『正三位《しょうさんみ》』など当代の物語の絵を出して、その優劣を競った。それぞれ弁の立つ女房が論陣を張って相手方をけなして、味方の素晴らしさをたたえる。それを聞いて判者が勝ち負けを判定する。この絵合がどこで行われたか明らかではないが、藤壺女院の御前の行事なので飛香舎《ひぎょうしゃ》（藤壺）であったかと思われる。

これが盛会だったので、帝の御前でも行うことになり、源氏と権中納言がそれぞれ持てる限りの名作を出し合って絵の優劣を競った。場所は清涼殿の西廂《にしびさし》の朝餉《あさがれい》と台盤所《だいばんどころ》から中渡殿《なかのわたどの》をはさんで後涼殿の東廂の簀子《すのこ》にかかる一帯である。公卿や殿上人がそれぞれ味方する側の応援団となって、当代を代表する趣味人と自他ともに認める蛍宮が判者をつとめた。絵を載せる机や箱にも贅美を尽くし、その敷物から、絵を運ぶ童女や女房たちの衣装に至るまで、それぞれ左の梅壺方は赤色系統で統一し、右の弘徽殿方は青色系統にそろえるという念の入れようであった。三月下旬の晩春の一夜、明け方まで夜を徹して行われた。勝負は互角であったが、最後に源氏が須磨の浦や磯を描いた絵を出し、その絵のすばらしさにみな感動して梅壺方が勝利した。

こうして冷泉帝の御前の絵合において梅壺女御が勝利したことは、後宮においても光源氏の支配が確立したことを意味した。この後梅壺女御は立后する。秋好《あきこのむ》中宮である。光源氏は万事が順風満帆であった。彼は冷泉帝の時代を後代から聖代と仰ぎ見られるような理想的な時代にしようと努力した。この絵合もそうした源氏の政策の一環であったのである。文化隆盛の時代を作ることに源氏は意を用いた。

❖ 天徳内裏歌合をモデルにした架空の行事

宮中における絵合の行事が実際にあったわけではない。物語のこの行事は実は村上天皇の天徳四年（九六〇）三月三十日に行われた内裏歌合《だいりうたあわせ》をモデルにしている。物語の絵合はその行われた場所も時期も、調度や女房の衣装に至るまで、すべてこの内裏歌合を手本にしている。内裏歌合は霞、鶯、柳、桜、山吹、藤、春の暮れ、夏の初め、ほととぎす、卯の花、夏草、恋を題として、二十番を合わせた。後世歌合の模範とされた盛儀である。

このとき最後の二十番を合わせたのは壬生忠見《みぶのただみ》と平兼盛であるが、次のような逸話が伝わってい

る。忠見の歌は「恋すてふ我が名はまだき立ちにけり人知れずこそ思ひそめしか」であり、兼盛の歌は「忍ぶれど色に出でにけり我が恋はものや思ふと人の問ふまで」というのであり、いずれも『百人一首』に取られた名歌である。判者の左大臣藤原実頼は判定に困り、天皇の様子を窺うと兼盛の歌を何遍も口ずさむらしいので、兼盛の勝ちにしたが、負けた忠見はその後不食の病にかかって亡くなった（『沙石集《しゃせきしゅう》』）。歌合の勝負に命をかける者もいたのである。

　源氏物語はこうした史実を「絵合」という架空の行事に置き換えて、冷泉朝の華やかな文化として語ったのである。

［図版］清涼殿西廂の朝餉と台盤所に左右が陣取り、中渡殿の正面の椅子に着席するのが村上天皇。冷泉帝の御前の歌合もこのような形で行われた。「天徳内裏歌合の光景（復元図）」。

❖第九回❖

光源氏の子弟教育はどのようなものだったか

大学を復興し、社会に範を示す

❖ 夕霧の大学入学は源家百年の計

権門としての地位を固めた光源氏の子弟教育について見ておこう。源氏は長男の夕霧が十二歳で元服すると、六位の大学生《だいがくのしょう》として大学寮に入学させた。当時の蔭位《おんい》の制度によれば親王の子や一世源氏は四位で任官できたから、夕霧は二世源氏ではあるが、光源氏の地位と権勢からして四位で任官してよかったのであり、世間もそのように予想した。ところが、源氏はそうした世間の予想にあえて反する措置をとった。これには夕霧の世話をしてきた祖母の大宮が異を唱えたが、源氏はその理由を次のように諄々と説いた。

夕霧に今大学教育を授けることは、源家の将来と夕霧の将来とを考えて最も必要なことだ。自分は宮中で成長したので世間の様子を知らず、帝の前で少しは勉強したが、それは不十分であった。何ごとも広く教養を積んでおかないと、詩文や音楽を習っても至らぬことが多い。愚かな親に賢い子がまさるという例はめったにない。まして次々に子孫が衰えていけば源家の将来がどうなるかと心配だ。夕霧が権門の子として官位の昇進が思いのままになり、いい気になっていると、苦労して学問するようなことは敬遠して、遊興ばかり好むようになろう。それでも権勢におもねる世間はそういう子弟を内心では馬鹿にしつつも、表面では追従するので、当人は一人前になったような気になる。しかし、ひとたび時勢が変わって親も亡くなり、家が衰退に向かうと、学問に裏付けられた実力のない身では、世間から侮られても頼るところがない、というのである。さらに次のように続けた。

なほ、才をもととしてこそ、大和魂の世に用ゐらるる方も強うはべらめ。さし当りては心もとなきやうにはべれども、つひの世のおもしとなるべき心おきてをならひなば、はべらずなりなむ後もうしろやすかるべきによりなむ。（少女《おとめ》巻）

しっかり学問を修めておいてこそ「大和魂」を活かして世に重んじられるのであり、当面はもどかしいようだが、夕霧はいずれ国家の柱石《ちゅうせき》となる者として、そのための学問を身につけておけば、自分の死後も安心だというのである。そのためにこの二三年は回り道をしても大学で学ばせたいというのであった。この「大和魂」という言葉は源氏物語が最初に使った言葉であるが、その意味は良識ある判断力という程度の意味である。いわゆる日本精神というような国家主義的な精神主義とは無縁の言葉である。

夕霧の大学入学は源家百年の計に出るものであったのである。将来にわたる源家の繁栄を考えると、夕霧をしっかりと教育しておかねばならぬと言い、安易に蔭位の制度に頼るべきではないとするのであって、光源氏の堅実な考え方を認めてよい。源氏は夕霧を祖母大宮のもとから二条東院の花散里《はなちるさと》のもとに移して、そこに部屋を作って家庭教師を付けて勉強に専念させた。大宮への訪問は月に三度しか許さなかった。父源氏のきびしい方針に夕霧は不満を抱きながらも勉強に励んで、実質一年半で文章生《もんじょうのしょう》の試験に合格して大学を終了し、侍従に任じられた。

❖——光源氏の立てた方針の背景とは

このような子弟教育を光源氏があえて行ったのはなぜか。源氏は蔭位の制度に従って夕霧を四位で任官させることはかえってありふれたことだと言うが、源氏の意図は警世的なねらいがあったと考えてよい。内大臣は夕霧に向かってそんなに勉強しなくてもよいのに、いったい源氏は何を考えているのかと不審がったが、そういう貴族社会の風潮に対して源氏は大学の重視、学問の尊重という方策を打ち出したのである。

中世の源氏注釈書である『河海抄《かかいしょう》』[*1]は、夕霧の大学入学について『貞観格式《じょうがんきゃくしき》』(八六九年成立)の一節を引いた。


貞観格に云く、大学は才を尚《とうと》ぶ処、賢を養ふ地なり。天下の俊みな来たり、海内《かいだい》の英並《なら》び萃《あつ》ま

*1 『河海抄』
一四頁脚注4参照

る。游夏《ゆうか》の徒、元公相《もとこうしょう》の子に非ず。揚馬《ようば》の輩、寒素の門より出づ。高才未だ必ずしも貴種《きしゅ》ならず。貴種未だ必ずしも高才ならず。それ王は人を用ゐるに唯才、是を貴ぶ。朝に断養《しよう》となり、夕に公卿に登る。

大学は学問を尚び賢人を養成するところであり、天下の俊英が集まってくる。孔子の弟子の子游《しゆう》も子夏《しか》も公相の子ではなく、学者として名高い揚雄も馬融も貧しい家の出身である。優れた人材は氏《うじ》素性《すじょう》とは関わりがない。王は才能によって人材を登用するから、身分の低い者も公卿に登ることができる。このような意味であるが、『河海抄』がこうした注を付けたことは、源氏の言葉を令制の大学の理念に添って解釈したことを示すものである。

光源氏は夕霧を源家の末永い繁栄のために、また治国の賢能とするために大学に入れたが、それは同時に大学振興策でもあった。この源氏の方策は三善清行《みよしきよつら》*2が延喜十四年（九一四）に醍醐天皇に奏上した「意見十二箇条」の次のような一文と呼応させることができる。

　国を治めるには賢能が必要であり、賢能の養成は学校が基本である。それゆえ昔の明王は必ず学校を作って徳義を教え、儒教の経典を習わせ、守るべき道を順序立てて述べた。周礼《しゅらい》には臣下が王に書を奉ると、王はそれを拝受したとあるが、これが学問を尊重し政治に携わる者を尊ぶことである。ところが、現状はそのような大学の役割が年々軽視されて、近年では大学も困窮している。朝廷は大学に財政支援を講ずるべきだ。

*2 **三善清行**
八四七〜九一八。文章博士。参議宮内卿。漢詩文にすぐれた。

［図版］夕霧は中納言に昇進し、妻の雲居雁とともに幼少時を過ごした故大宮の三条邸に移り住んだ。右は源氏を訪ねた雲居雁の父・太政大臣。『源氏物語色紙絵藤裏葉』。

夕霧の大学入学によって、光源氏は一気に大学の復興をなしとげた。「昔おぼえて大学の栄ゆるころなれば、上中下《かみなかしも》の人、我も我もとこの道に心ざし集まれば、いよいよ世の中に才《ざえ》あり、はかばかしき人多くなんありける」（少女巻）という次第になった。大学には学問に志す者が集まり、世の中には学識のある有能な人が輩出したというのである。あたかも源氏は三善清行の献策に応えたかのようである。こうして学問や芸道の才能が認められる文化隆盛の時代が実現する。光源氏は大学を本来あるべき姿に復興し、わが子の教育においてそれを実行し、社会に範を示したのである。

このような光源氏のありかたは源氏が太政大臣に就いたことと関わっていたのではないかと考えられる。夕霧を大学に入れたとき、光源氏は内大臣から太政大臣になるが、源氏の方針には太政大臣の理念が体現されていたのではないかと思われる。太政大臣は左大臣以下の官職とは異なる特別な地位であって、「職員令《しきいんりょう》」には次のように述べられた。太政大臣は天皇の師範として世界の模範となる存在であり、智はあらゆることに通暁して、徳は天地の法則に合致する。従って適格者のいない時には置かなくてよい。つまり太政大臣は天皇の師範として模範的な政治を導くことのできる智徳兼備の人格者が就く地位であるとされた。光源氏はそうした太政大臣の理念にかなう者として造型されたと見てよい。ここには作者の律令的理想主義が託されていたと考えられる。

❖——父子はどうあるべきか——光源氏と夕霧

光源氏は夕霧にきびしい教育を課したが、平安時代の権門の家庭での子弟教育はどのように行われたのであろうか。藤原道長の祖父の右大臣藤原師輔《もろすけ》の『九条右丞相遺誡《うじょうしょうゆいかい》』という記録が残っている。師輔の子孫は次々と摂関職を踏襲して行ったのだが、その子孫に残した訓戒である。まず元服前の教育は次のようである。

凡そ成長《ひととな》りて頗《すこぶ》る物の情を知るの時は、朝に書伝を読み、次に手跡を学べ。その後に諸の遊戯を許す。ただし鷹犬《ようけん》・博奕《ばくえき》は、重く禁遏《きんあつ》するところなり。元服の後、官途に趨《わし》らざるの前、その為すところもまたかくのごとし。

（日本思想大系『古代政治社会思想』）

「書伝を読み」、「手跡を学ぶ」というのは、元服前の少年時代における家庭教育であり、それは朝の日課であった。遊戯はその後で許された。とはいえ「鷹犬・博奕は、重く禁遏する」という。その勉強は通例七歳の「読書始め」の儀から始まった。光源氏も七歳で「読書始め」の儀式をしている。『遺誡』は特に「元服の後、官途に趨らざるの前」も「書伝」「手跡」の勉強は同じようにしなければならないというが、これは師輔の子息たちは大学に行かなかったから家庭で行ったのである。こうした記事からは権門の家庭における子弟教育の堅実性が想像される。

勉強以外のことでは、『九条右丞相遺誡』は子孫に対して宮廷社会に処する上での日常の振る舞いや心構えについて説き、神仏を崇敬することの大切さを述べており、その時代の権門の理想的なありかたが示されていたと考えられる。その基本精神は、君には「忠貞」を、親には「孝敬」を、人には「恭敬」を尽くせというところにあった。

凡そ君のためには必ずしも忠貞の心を尽くし、親のためには必ずしも孝敬の誠を竭《つく》せ。

凡そ人のためには常に恭敬の儀を致して、慢逸の心を生ずることなかれ。

こういう徳目の中で顕著な点は家中心、家長中心の論理がきわめて強いことである。それは権門が権門として家を維持し発展させてゆくための要件であったと考えられる。その一部を引いておく。

親のためには必ずしも孝敬の誠を竭せ。兄を恭《うやま》ふこと父のごとくに、弟を愛すること子のごとくにせよ。

また見しところ聞きしところのことは、朝に謁《えつ》し夕に謁して必ずしも親に曰《まう》せ。たとひ我がために芳情ありとも、親のために悪しき心あるときは、早くもて絶て。もし我に疎しといへども、親に懇《ねんごろ》なることあるときは、必ずしももて相親しめ。

凡そ病患あるに非ざれば、日々必ずしも親に謁すべし。もし故障あるときんば、早く消息をもて夜来の寧否《ねいひ》を問ふべし。

大風・疾雨・雷鳴・地震・水火の変、非常の時は、早く親を訪《とぶら》へ。次に朝《みかど》に参りて、その所職の官に随ひて、消災の慮《おもんばかり》を廻らせ。

朝夕親に会って見聞したことを必ず報告せよというように、すべて親中心の論理であり、こういう考え方に基づいて子弟教育は行われたのである。光源氏もまた夕霧にそうした教育をおこなったのである。

❖第十回❖

光源氏はどのように正月を過ごしたか

光源氏の権勢を誇示する六条院

❖ 四方に四季を配した邸宅の意味とは

光源氏は冷泉帝の後見として、二十九歳で内大臣になったが、三十三歳の年には太政大臣に昇進した。平安時代の藤原良房から藤原教通《のりみち》までの十三人の太政大臣のうち、三十代の太政大臣は一人もいない。まさに異例の出世であり、源氏は当代に並ぶ者のない権勢家、権門になった。そうした身分や権勢にふさわしく源氏はこの頃寺や別荘や邸宅の造作に熱心であった。内大臣になった時には、本邸の二条院の隣に二条東院の造営にかかった。二条院は紫の上と暮らす邸宅であるが、東院には末摘花《すえつむはな》や花散里《はなちるさと》などを住まわせた。末摘花も花散里も源氏が須磨に退去した時代、ずっと源氏を待ち続けた女君たちであり、源氏は彼女たちの忍耐に報いたのである。

この二条東院の造営と並行して桂には別荘を作り、嵯峨野には寺を造った。こういう別荘や寺の造営は光源氏の地位、権勢のシンボルであるには違いないが、それだけでなくこの時の源氏にとっては大堰《おおい》に移住してきた明石の君に逢うために、紫の上に対する口実にもなったのである。桂も嵯峨野も大堰に近い場所である。はじめ源氏は明石の君も二条東院に住まわせようとしたのだが、明石の君は東院に入ることを断って母親と姫君とともに大堰の邸に移住したからである。ともあれ、こうした邸宅の新築や別荘や寺の造営に、この時期の光源氏は熱心であったが、そうした造作の総仕上げが六条院の建築であった。

六条院は賀茂川沿いの東京極《ひがし》大路と六条大路とが交わる辺りに、四町の土地を入手して、それぞれの町を春夏秋冬に割り当てて、季節の趣向を凝らした庭園から成る大邸宅であった。一町は約一二〇メートル四方であり、その町が四つあるわけである。貴族の通常の邸宅は一町と決められていたから、四町の邸宅は光源氏の権勢を誇示するに足りるものであった。

その邸宅の様子は次のようである。まず東南の区画が光源氏と紫の上が住むところで、ここを春の町として、「春の花の木、数をつくして植ゑ、池のさまおもしろくすぐれて、御前近き前栽《せんざい》、五葉《ごよう》、紅梅、桜、藤、山吹、岩つつじ」（少女巻）など、春の風情を楽しむ草木を中心に、秋の草花をもまぜた庭園に作る。ここが六条院の中心である。その西隣の西南の区画が秋の町で、色の濃い紅葉の木々を植え、滝を落として秋の野原のように作る。ここは六条御息所の娘で源氏の養女として冷泉帝に入内した秋好《あきこのむ》中宮が宮中から退出した時に住んだ。実はここは元もと六条御息所の邸であったから、邸の所有者は秋好中宮であったと考えられる。春の町の北、東北の区画が夏の町で、ここには花散里が住んだ。涼しげな泉があり、高い木々を森のように植え、卯の花の垣根をつくるなど、夏の風情を楽しむ造作である。ここにはまた馬場殿を作って端午の節会《せちえ》には競馬や騎射を見物できるようにした。夏の町の西隣、西北の区画が冬の町で明石の君が住んだ。松の木を多く植えて雪景色を鑑賞するのに適した作りであるが、同時に御倉町とした。御倉町には六条院の財宝とともに明石の君の財産が収蔵された。明石の君は父明石入道から譲られた膨大な遺産があり、光源氏の妻妾のなかでただ一人の資産家である。

六条院はこのように四方に四季を配した邸宅であった。こういう四方四季御殿はどういう意味を持っていたのかというと、中世小説の『浦島太郎』などでは竜宮城の世界であり、また天帝の世界であったりするが、それは古代中世の人々が思い描いた不老不死の理想郷であった。六条院はそうした理想郷をイメージした邸宅であった。

❖ 六条院の正月が表す「天下泰平」の世

その六条院で初めて迎えた正月の様子を語るのが「初音《はつね》」巻である。原文を引く。

年たちかへる朝《あした》の空のけしき、なごりなく曇らぬうららけさには、数ならぬ垣根の内だに、雪間の草若やかに色づきはじめ、いつしかと気色だつ霞に木の芽もうちけぶり、おのづから人の心ものびらかにぞ見ゆるかし。

元日の朝、空は一片の雲もなくうららかに晴れわたり、家々の垣根の内には雪の消えた間から若草が緑の葉を見せはじめ、早くも霞がたって木の芽も萌え出て、人々の気持ちも自然とのびのびしているように見えるというのである。

いかにも平安な元日の風景である。天気晴朗な穏やかな元日を迎えると、誰もがこのように今年も一年平安であってほしいと願うにちがいないが、そうした気分のよく表れた文章である。特に戦乱に明け暮れた中世の公家はこの文章に強く心を打たれたらしい。三条西実隆《さんじょうにしさねたか》*1は元旦に「初音」巻を読むことを恒例にしたという。

この文章がどうしてめでたい文章なのか、これも中世の源氏注釈書である『岷江入楚《みんごうにっそ》』*2が興味深い解釈をしている。冒頭の「空のけしき」、次の「垣根の内」、その次の「人の心」という表現は、「天・地・人」の調和を表現しているというのである。「天・地・人」の調和とは自然の運行が整って春は春らしく、冬は冬らしく、季節のけじめが明らかなことであるが、そうした天地自然の調和は為

*1 **三条西実隆**
一四五五〜一五三七。室町時代の公家。後花園天皇、後土御門天皇らに仕え、将軍足利義政や足利義澄らとも親交があった。歌集に『雪玉集』『聞雪集』などの歌集や、『実隆公記』、『詠歌大概抄』などの著作がある。

*2 **『岷江入楚』**
中院《なかのいん》通勝《みちかつ》著、慶長三年（一五九八）成立。細川幽斎の要請により『源氏物語』の諸注釈を集成したもの。諸注釈は『河海抄』、『花鳥余情』、『弄花抄』、『長珊《ちょうさん》聞書』、「秘」（三条西公条説）、「箋」（三条西実枝の『山下水』と通勝自身の聞書）の六種。

［図版］元日の夕方、源氏はようやく明石の君を訪ねるが、姿は見えず、ふたりの思い出の琴が置かれているばかり。娘から手紙をもらった喜びを詠った明石の君の手習を手にする源氏。『源氏物語絵巻　初音(部分)』。

政者の仁沢《じんたく》が世の中に行きわたって、人々が安心して暮らせる時代の表象であり、天下泰平の証であるというのである。このような観念は儒教的な聖代観念であって、泰平の世には雨も土砂を流すほど降ることはなく、風も木の枝を鳴らすほど強く吹くことはないと言われた。この新春の風景は太政大臣光源氏によって泰平の世が実現している証拠と考えてよい。

そのような元日に光源氏はどのように過ごしたのであろうか。六条院には朝から年賀の人々が参集し、源氏はその応対に追われて、夕方になってやっと夫人たちのもとへ年賀の挨拶に出かけた。元日には宮中では清涼殿の東庭で早朝寅の刻（四時ごろ）に天皇の四方拝があり、次いで朝賀《ちょうが》の儀が辰の刻（八時ごろ）から行われる。これは天皇が大極殿《だいごくでん》に出て群臣が拝賀する荘重な儀式であるが、十世紀に入るとすたれて小朝拝《こちょうはい》に変わった。小朝拝は親王、大臣以下六位以上の昇殿を許された臣下が清涼殿で拝賀する儀式で、朝賀に比べると簡略で小規模である。源氏物語の時代背景としては小朝拝を考えるのでよさそうであるが、桐壺帝の時代には朝賀が行われた。宮中では朝賀あるいは小朝拝の後に、元日の節会《せちえ》があって、親王や公卿はここまでは出席しなければならないのだが、太政大臣は出席しなくてもよかった。

物語はもっぱら光源氏が夫人たちを訪問する様子を語る。まず紫の上に祝言を言い、めでたい歌を詠み交わし、末永い夫婦の約束を誓ってから、夏の町の花散里と玉鬘《たまかづら》を訪ね、暮れ方になって冬の町の明石の君のもとを訪れるが、紫の上の嫉妬を気にしながら、元日の夜はここに泊まった。これは明石の君が姫君を紫の上の養女に差し出していたので、彼女の気持ちを慰めてやろうとの配慮であった。

二日は臨時客といって、大臣家では来客に饗応する宴を儲ける日なので、六条院には親王や公卿が残らず参集して管弦の遊びがにぎやかに行われた。源氏はこの日臨時客の多忙にかこつけて、元日に明石の君のもとに泊まったことを嫉妬する紫の上には顔を合わせないようにしてやりすごした。これが六条院の元日と二日の光源氏の様子である。

先にも触れたが、太政大臣とはどのような地位なのか、再度確認しておく。太政大臣の最大の特色は職掌の規定がないことである。「職員令《しきいんりょう》」には、太政大臣は「一人に師とし範として、四海に儀形たり。邦を経《おさ》め道を論じ、陰陽を燮《やわ》らげ理《おさ》めむ。其の人無くは闕《か》けよ」とある。太政大臣とは天皇の師範であり、天下の模範であり、国を治め道義を正しく示し、自然の運行を穏やかにする存在であるという。太政大臣はそうした高邁で高潔な人格者の就く地位なのである。だから適格者がいなければ置かない。光源氏はそういう地位に就いたのである。「初音」巻冒頭の「天・地・人」の調和した元日の風景は、太政大臣の理念を体現する光源氏によって泰平の世が実現していることを示していたのである。

❖ 桐壺巻の予言が的中する

こうして光源氏を師範として冷泉帝の時代は泰平であった。帝は源氏の功績を讃えて準太上天皇の位を贈った。源氏三十九歳の年である。光源氏はこうして上皇に準じる地位に昇り、臣下の身分を脱したが、実はこれが光源氏の「帝王の相」の最終的な到達点であり、桐壺巻の予言の謎解きであった。この年六条院は慶事につつまれた。長男夕霧が念願の内大臣（旧頭の中将）の姫君・雲居《くもい》の雁《かり》と結婚し、明石姫君は東宮に入内し、準太上天皇になった光源氏を祝して六条院には冷泉帝と朱雀院が行幸した。第一部の物語のめでたい終結である。

ところで、六条院のあった六条京極といえば平安京の町はずれであるが、なぜそのような所に光源氏は邸宅を作ったのであろうか。中心地では四町もの土地を入手しがたいことがまず考えられるが、古来言われてきたことは源 融《みなもとのとおる》（八二二～九五）の河原の院をモデルにしているということである。源融は嵯峨天皇の皇子で左大臣にまでなったが、その贅美を尽くした生活は語りぐさになっていた。六条京極にあった河原の院は陸奥国の名所、塩竈《しおがま》の浦の風景を写して作り、毎月海水を三十石運び入れて、海の魚介を放していたという。『伊勢物語』八十一段には融と親しい親王や在原 業平《ありわらのなりひら》たちが菊や紅葉の美しい時期に、河原の院に集まって宴会をした話がある。業平の歌、

塩竈にいつか来にけむ朝なぎに釣りする舟はここに寄らなむ

今の東本願寺の渉成園《しょうせいえん》は河原の院の面影を伝えるといわれる。また源氏の嵯峨野の寺も融の棲霞観《せいかかん》という別荘をモデルにするといわれる。

［図版］六条院模型

❖第十一回❖

玉鬘はなぜ九州までさすらうのか

随所で先行作品を踏まえた物語

❖玉鬘の物語のはじまり

六条院が完成した時、そこに入居したのは、春の町に紫の上、夏の町に花散里《はなちるさと》、冬の町に明石の君という夫人たちであり、末摘花《すえつむはな》や空蝉《うつせみ》は二条東院で暮らした。光源氏は昔交際した女性たちを分相応に待遇し、みな幸せであった。そうなった時あらためて不慮の死を遂げた夕顔をなつかしく思い出し、生きていてくれたならばと彼女の死を悔やむ。ここから玉鬘《たまかづら》の物語は始まる。物語は夕顔の死んだ十八年前に遡って語り起こされる。

夕顔は某《なにがし》の院で源氏との逢瀬のさなかに物の怪《け》に襲われて急死したので、源氏は夕顔の死に責任を感じて、夕顔の遺児玉鬘を引き取って世話をしようと考えた。しかし、そうする前に玉鬘は乳母《めのと》一家とともに大宰府に下った。乳母は夕顔の死を知らず、八方手を尽くしても夕顔の行方がわからなかったからである。また玉鬘の実父の頭《とう》の中将《ちゅうじょう》に玉鬘をわたすことも考えたが、そうすれば玉鬘が継母から継子虐めにあうことが心配されたからである

乳母の夫は大宰府の少弐《しょうに》であったが、どういうわけか任期が果てても上京せず、少弐は任地で没し、その後一家は肥前の国に住み着いた。息子や娘たちも土地の有力者と結婚し、玉鬘の上京のめどは立たなかった。

玉鬘が二十歳になったとき、肥後の国の豪族の大夫監《たいふのげん》という者が玉鬘の美貌の噂を聞いて求婚してきた。大夫監は国の内の神仏は自分の願いは何でも聞き届けてくれると自慢するほどの勢力を誇っていた。玉鬘と結婚したら皇后にも劣らないほど大事にすると言った。彼は都の権門と姻戚関係になることで、地元における権勢をより強化しようと考えたのである。結婚を迫る大夫監は下手な歌を詠んで笑い者にされるが、弁も立つし策もあり豪快な人物である。乳母たち都の貴族の視点からは、彼の無骨さや生半可な教養は笑いものにされるが、力強くたくましい地方豪族として、その人物像は源氏物語の中でも出色の個性である。

この時になって乳母は藤原氏の嫡流《ちゃくりゅう》の血を引く高貴な玉鬘を大夫監と結婚させるわけにいかないと、急遽上京を決意した。乳母の子どものうち次男と三男は大夫監の手先になって、玉鬘を大夫監と結婚させようとしたが、長男の豊後《ぶんご》の介《すけ》と乳母が反対し、彼らは大夫監の隙を突いて九州を脱出し必死の思いで上京を果たした。

ところで、玉鬘のさすらいの地が九州であったのはなぜであろうか。継子虐めの物語では、継子は継母にいじめられて艱難辛苦《かんなんしんく》し、さすらうことが約束ごとである。玉鬘物語に大きな影響を与え

た『住吉物語』[*1]の姫君は住吉に身を隠すが、都からそれほど離れたところではない。玉鬘はなぜ九州までさすらうのか。

❖――紫式部は九州と接点があったのか

紫式部は父為時が越前の国守《くにのかみ》になったとき、父と一緒に越前の国府に下り一冬を過ごしたことがあるが、九州には行っていない。紫式部と九州との接点はあるのだろうか。紫式部の父方の伯母が肥前守 平 惟将《たいらのこれまさ》と結婚し、その娘が肥前に下ったときに、紫式部と文通した贈答歌が『紫式部集』に載っている。この伯母といとこの娘を通して、紫式部は九州のさまざまな話を聞いたのではないかと推測されている。旅の経験はその土地土地の珍しい話を生き生きと伝えるものであり、大夫監の個性も彼女たちの話から造型されたと考えてよいであろう。

その大夫監の素材と目されるのが肥後の国の豪族、菊池氏である。菊地氏系図には中関白藤原道隆を先祖として、その子孫が肥後の菊池郡に下って「大宰 少監《だざいのしょうげん》」や「大夫将監」になったと記される（『群書類従』『続群書類従』）。この系図は道隆を先祖とする点や「大夫将監」を名のる点など、源氏物語を基にして後世に作られた可能性が高いが、それはそれとして大夫監の人物像は菊池氏という豪族の話を伯母やいとこから聞いた紫式部の創作になると考えてよいと思う。

玉鬘の一行は早船《はやぶね》という櫓を多く備えた船で九州を脱出し、瀬戸内海を通って淀川を遡り、京に入る。途中海賊の心配をするところは、紀貫之の『土佐日記』の記事を彷彿とさせる。しかし、苦難のあげく上京したものの、十六年ものあいだ都を留守にした豊後の介や乳母たちには都に頼りに

*1『住吉物語』
作者・成立年代とも未詳。継子虐めの物語に長谷観音の利生《りしょう》説話を交える。

なる者はなく、石清水八幡宮や長谷寺に参詣して神仏の加護を祈るほかなかった。

玉鬘の長谷寺参詣は長谷の観音の加護やご利益を期待してわざわざ徒歩で四日をかけての旅になった。通常牛車で三日の行程であるが、馴れない徒歩の旅は玉鬘には死ぬほどつらかった。しかし、その難行が即座にむくわれる。

右近は夕顔のもう一人の乳母の子で夕顔が亡くなった時にも付き添っていた女房である。夕顔の死後は源氏に仕えてきたが、ずっと玉鬘の行方を探し続けていた。右近はたびたび長谷寺に参籠しては玉鬘に会えるように祈っていた。その長年の右近の祈りが叶う時が来た。玉鬘の一行が長谷寺の門前町の椿市《つばいち》の宿に泊まったとき、偶然右近がその宿に来合わせて、彼らは再会したのである。十六年ぶりの再会に彼らは驚喜する。

こういう長谷寺の霊験《れいげん》の物語は枚挙に暇《いとま》がない。『日本霊異記』や『今昔物語集』のような説話集には実にさまざまな霊験譚《たん》が集められている。『住吉物語』の失踪した姫君の行方を捜す男君も

［図版］年末、源氏と紫の上は正月の衣裳を夫人たちや姫君に贈るために衣裳選びをする。源氏は玉鬘には「赤い表着に山吹の花柄の細長」を選んだ。それを見て紫の上は玉鬘の容姿を想像する。画面中央が源氏、その左が紫の上。『源氏物語手鑑　玉鬘二』。

七日の長谷寺参籠によって姫君の居場所を知る。住吉の姫君の幸せな結婚は玉鬘がその後源氏に引き取られ、求婚譚のヒロインになっていく物語の源泉と考えてよい。源氏物語は随所で先行作品を踏まえながら、新しい趣向に変換するが、そうした手法を読み解くことも源氏物語を読む面白さの一つである。

❖ 玉鬘を引き取った光源氏の意図とは

さて玉鬘を発見した右近は光源氏にさっそく報告した。右近は源氏が夕顔をむなしく死なせた代わりに、玉鬘を幸せにしてやることが夕顔への罪滅ぼしになると言った。源氏も同じように思っていたから、玉鬘を引き取ることに何の問題もなかった。玉鬘を幸せにし繁栄させてやることが夕顔の鎮魂になるのである。夕顔のように不慮の死を遂げた者の霊魂はこの世に心残りを抱いていることが多いから、後に残された者は彼らの恨みや心残りを晴らしてやらねばならない。そのためには子孫の繁栄を図ってやることが何よりの供養になるのである。源氏は玉鬘を引き取りよい結婚をさせてやることで、夕顔への罪滅ぼしを果たそうとする。

光源氏は玉鬘を引き取ると、六条院の花散里の町に住まわせ、花散里には思いがけないところから自分の娘が現れたと言って養育を依頼した。その一方で、紫の上にだけは昔の夕顔とのことや玉鬘の素姓を話した。そして玉鬘を華やかにもてなして、求婚してくる貴公子たちの気をもませる種にしようと思うと話した。六条院に集まる風流な貴公子たちはふだんまじめそうに落ち着きはらっているが、彼らに玉鬘を紹介して、まじめぶってはいられなくなる様子を見届けてやろうというのである。何か人を食った発言ではないだろうか。紫の上は真っ先に男の気持ちを煽るようなことを考えるなんて妙な親心だ、「けしからず」と批判した。

光源氏は息子の夕霧にも玉鬘を実の姉だと紹介したから、夕霧は真面目に弟として挨拶をする。こうして玉鬘のことが世間に知られ、源氏の思惑どおりに当代きっての趣味人である蛍宮や東宮の外戚の鬚黒《ひげぐろ》大将をはじめとして、真相を知らない実の兄弟の柏木までが恋文を届けるようになる。玉鬘は他人の夕霧が間近に訪ねてくるのも気が引けるが、実の兄弟の柏木が恋文を寄こすのにも困惑して実の親に知られたいと思う。

玉鬘を困惑させ、夕霧や柏木という次代を担う若者たちを

［図版］十八年ぶりに京に帰った乳母たちは玉鬘の開運を願って長谷寺に参詣した。椿市の宿に着いた時、偶然右近が来合わせて、彼らは思いがけない再会に驚き、長谷観音のご利益だと喜んだ。画面右が玉鬘、その左に乳母、障子から覗くのが右近。『絵本　源氏物語　玉鬘』。

手玉に取るような源氏のやり方は、どういう意味があるのだろうか。趣味の悪いいたずらといってもよいが、単なる悪ふざけと言ってすますわけにはいかない。

この時期の光源氏は六条院を貴族社会の中心にするために求心力を高めようとしていたのである。正月には臨時客の宴、男踏歌《おとことうか》*2の後宴、七日には宮中の白馬《あおうま》の節会《せちえ》*3に擬して六条院で白馬を見ることも行われた。春の船楽と秋好中宮の季の御読経《みどきょう》、五月五日の馬場殿の競射等々、六条院は宮中をしのぐ華やかな行事で彩られた。玉鬘はそうした源氏の企図の一環をになう絶妙な役回りを受け持たされたのである。光源氏は貴族社会の中心に君臨して、源氏の一挙手一投足が社会の流れを作っていく、そのような中心を目指していたのだといえよう。「帝王の相」を持ちながら天皇になれなかった光源氏の、これは代償行為であったのではなかろうか。源氏が自覚していたかどうかはわからないが、ここには光源氏の王権コンプレックスが露呈しているのではないかと思われる。

*2 **男踏歌**
踏歌節会《とうかのせちえ》は、天皇が踏歌を見物する宮中での年中行事の一。男踏歌は正月十四日または十五日、女踏歌は十六日に行われる。

*3 **白馬の節会**
宮中での年中行事の一。正月七日、天皇が紫宸殿で左右馬寮《めりょう》の官人の引く二十一頭の白馬を見た後、宴を催した。この日に白馬を見ると一年中の邪気を払うという中国の故事にならったもの。

❖第十二回❖

結婚は人生の墓場か

相思の仲なのに結ばれない恋物語

❖

結婚せずに逢瀬を持つ手とは

光源氏の思惑どおりに、玉鬘に貴公子たちの恋文が届けられるようになると、源氏は何かと口実を作っては玉鬘のもとを訪ねて、その恋文を見ながら、その人物について褒めたりけなしたり何やかやと批評し、返事をする相手のことまで指図した。一見親らしく振る舞っていたが、源氏はいつのまにか玉鬘が夕顔と二重写しになり、夕顔への思い出から玉鬘への恋情を深め、添い臥して口説いたりするようになっていった。玉鬘はそうした源氏の態度をうとましく思い、実の親のところにいればこんな目には遭わずにすむと嘆いた。

五月雨《さみだれ》のころ、蛍宮から玉鬘に逢えないことを恨む手紙が来る。それを見た光源氏は蛍宮を招待し、玉鬘の部屋に招き入れて、几帳を隔てただけで対面を許した。これは異例なことである。そうしておいて源氏はあらかじめ用意しておいた沢山の蛍を部屋に放した。玉鬘は驚いて扇で顔を隠すが、蛍宮は玉鬘のすらりとした姿が目に焼きついて恋心を掻き立てられた。まったく子供じみた振る舞いに見えるが、こうしたお節介なことをしながら、源氏じしんが玉鬘への一番の求婚者の位置に立っていたのである。

光源氏は玉鬘を実父の内大臣と親子の対面をさせた上で、正式に結婚することを考えるくらい本気になっていた。それが可能かどうか思案した。だが、玉鬘との結婚は内大臣の婿になることであり、何ごとにもけじめをはっきりつける内大臣からあからさまな婿扱いをされることは沽券《こけん》に関わり、耐え難い。また玉鬘を紫の上と同等に待遇することができるかというと、それはできないと思い、低い地位の妻では玉鬘が気の毒だと思う。こうして正式に結婚する道は諦めるほかなくなる。

しかし、玉鬘への恋心はつのるばかりで、とても諦められない。そこで源氏の考えたことは玉鬘を六条院に住まわせたまま蛍宮か鬚黒大将と結婚させて、ひそかに逢瀬をもつという手であった。未婚のうちは説得も面倒で気の毒だが、結婚すれば男女の情もわかり、いたわしく思うこともなくなり、人目が多くても妨げにはなるまいと思う。光源氏の好色心の面目躍如といったところであるが、これに対して語り手は「いとけしからぬことなりや」と批判した。

一方、玉鬘もはじめのうちは親であると言いながら、恋人のように振る舞う源氏を嫌悪したが、源氏が一線を越えない節度を持っているとわかると安心し、源氏の魅力に惹かれていき、実父内大臣の承諾のもとで源氏と結婚できたならと思うようになっていた。こうして相思の仲でありながら結婚できないという、あいにくな恋物語が繰り広げられる。

光源氏と玉鬘はひそかに抱擁しあうような仲になっていた。野分の吹き荒れた早朝、夕霧は三条の宮の祖母の邸から六条院に見舞いに駆けつけたが、その風の騒ぎの中で紫の上や明石姫君、玉鬘を覗き見するという思いも寄らない経験をした。紫の上の美しさは心に染みつき、夕霧には生涯忘れられない憧れの女性になったが、一方、玉鬘は光源氏に抱かれるような様子であったから、夕霧は親子とはいえ不可解なことと不審の念を抱いた。

源氏はよこしまな思いを捨てきれないまま玉鬘の処遇をあれこれ苦慮していた。その思案の末に考えついたのが、玉鬘を尚侍《ないしのかみ》として冷泉帝に出仕させることであった。そこで玉鬘をその気にさせるために、冷泉帝の大原野の行幸を見物させた。玉鬘は帝が光源氏にそっくりであり、思いなしか源氏より威厳があり、その美しさに心を奪われて宮仕えに出たいと思うようになった。その行幸には実父の内大臣や蛍宮、鬚黒大将も供奉《ぐぶ》していたが、当代を代表する彼らでさえ冷泉帝と光源氏の美しさの前ではまったく見栄えがせず、中でも鬚黒の色黒く鬚だらけの顔立ちには嫌悪感を覚えた。冷泉帝には源氏の養女の秋好中宮と内大臣の娘の弘徽殿女御が仕えているので、内大臣の娘で源氏の娘分でもある玉鬘としては、どの道二人に気兼ねしないわけにはいかないが、帝の寵愛を受けないようなかたちで、二人の妃と張り合うようなことなくお側に出仕したいと思うようになった。玉鬘の尚侍出仕は源氏の思惑どおりに運ぼうとしていた。

❖ たくらみを見抜かれた光源氏

ところで、尚侍として出仕する以上は玉鬘の氏素姓をごまかすわけにはいかない。尚侍は公人の身分であり、藤原氏の姫君を源氏の姫君と偽ることは春日の神を欺くことであり、いつまでも隠し通すことはできない。そう考えて源氏は内大臣に対面して事情を話し、玉鬘の裳着《もぎ》の腰結いの役を依頼した。裳着は女性の成人式で、腰結いは裳着のときに腰の紐を結う役である。その折りに父と娘を対面させようとしたのである。

源氏と久しぶりに会って玉鬘の話を聞いた内大臣は、意外ないきさつと二十年も昔のことに思いを馳せて涙にむせんだが、一人になって落ち着いて考えてみると源氏の話には裏があると思う。彼は源氏が玉鬘に手を付けたが、紫の上の手前を憚って宮仕えに出し、その上で愛人にしておくつもりなのだろうと臆測した。それを夕霧に話した。夕霧も野分の朝に源氏が玉鬘を抱擁しているところを見て不審に思っていたから、源氏に内大臣の臆測をぶっつけた。源氏は根も葉もないことと一蹴したが、内心では心底を見抜かれたと思う。実際源氏は玉鬘を宮仕えに出して密会する機会を持つという策略を考えていた。内大臣の臆測は源氏の企みの図星を突いていた。もはや源氏は密会の策は断念して潔白を証明するほかないと思う。

〔図版〕十二月、冷泉帝の鷹狩りのための大原野への行幸。帝の乗った鳳輦《ほうれん》を駕輿《かよ》丁《ちょう》たちが担ぐ。『源氏物語手鑑　御幸二』。

ところが、こうなったとき玉鬘の結婚と宮仕えに対して、源氏と内大臣は共に責任をもって対処することを回避するようになる。源氏は内大臣が父娘の対面をした以上は玉鬘の将来は内大臣が決めるべきことで、自分がとやかく口出しすべきことではないと言い、内大臣はこれまでの経緯からして源氏にまかせておくしかないと言う。玉鬘は養父と実父の二人の父親の間でどちらからも責任をもった後見を期待できなくなった。尚侍《ないしのかみ》としての出仕の時期が決定すると、蛍宮と鬚黒大将は玉鬘が宮仕えに出る前に結婚しようと熱心に求婚してきたが、そういう事態にも彼女は自分の判断で対処するしかなくなった。

玉鬘を射止めたのは鬚黒であった。彼女が一番嫌っていた相手であったが、彼女は表向きはこの結婚が源氏と内大臣がともに認めたものであるかのように振る舞って、二人の親の顔を立てるとともに、自分も世間から非難されることのないように対処した。源氏も内大臣もそうした玉鬘の才覚や対処に感服し、女の心構えの手本にすべきものだと褒めちぎった。

しかし、それは玉鬘の嘆きの救いにはならない。彼女は鬚黒の容貌や無骨さが嫌いだった。というのも光源氏に身近に親しんだ玉鬘には光源氏の体現する美的世界こそがあこがれであった。鬚黒はすべての点で源氏とは正反対であった。玉鬘が蛍宮や冷泉帝にあこがれたのは、彼らが光源氏的な美的世界を体現していたからである。玉鬘が光源氏や蛍宮や冷泉帝に向けたあこがれは、鬚黒との結婚によって閉ざされた。玉鬘の結婚は人生への夢を諦めるところから始まったのである。玉鬘にとって結婚はまさに人生の墓場であった。

❖ その後の玉鬘の物語

玉鬘の嘆きとは裏腹に、鬚黒は有頂天の喜びようであった。結婚直後は玉鬘の部屋に昼も夜も籠もりきりで離れない。玉鬘は尚侍なので内侍所から決裁を仰ぐ使いが来るが、鬚黒は意に介さず側を離れないので、彼女の不快指数は高まるばかりであった。尚侍は常に宮中に出仕する必要はなく、自宅での勤務が可能な地位であるが、帝からの参内の要請は断れないので、鬚黒は不承不承参内させ

［図版］鬚黒は玉鬘との結婚について、妻の北の方を説得しようとした。北の方は物の怪に取り憑かれて、香炉の灰を背後から鬚黒にあびせた。『絵本 源氏物語 真木柱』

たものの、帝が玉鬘に対面したことを聞くと、心配になって即座に口実を作って無理矢理退出させてしまった。

この間の二人が暮らした場所はどこかというと、結婚当初は六条院の花散里の住む夏の町の玉鬘の部屋に鬚黒が通ったのである。翌年の正月中旬、帝の参内要請に従って男踏歌《おとことうか》に合わせて玉鬘は参内したが、鬚黒は数日の出仕を許しただけで、この折りに自宅に退出させた。それ以後玉鬘は鬚黒邸で暮らす。

鬚黒邸に移った玉鬘がまず対処しなければならなかったことは、鬚黒と北の方との離婚騒動とその子供たちの世話であった。北の方は物の怪《け》に取り憑かれて狂乱する病いがあり、鬚黒と玉鬘の結婚直後にもこの病いが起こり、北の方は鬚黒に香炉の灰をあびせるという事件を起こした。そうした家庭のごたごたを片づけながら、翌年には玉鬘は鬚黒の男子を生んだ。玉鬘の嘆きはそれとして内大臣は鬚黒との結婚を喜んだ。東宮の伯父である鬚黒は次代の権勢家を約束されていたのだから、世間的に見ればこの結婚は玉鬘の幸運であった（真木柱《まきばしら》巻）。

その後の玉鬘に簡単に触れておこう。玉鬘は鬚黒との間に三男二女を儲け、鬚黒は今上帝の外戚として太政大臣にまで出世したので一家は一時期栄えたが、鬚黒の人付き合いの悪い性格が影響して、鬚黒没後は沈滞してしまった。四十代後半になった玉鬘は息子の昇進も思うようにならず、二人の姫君は冷泉院と今上帝に入内させたが、それも意に反する結果になってすっかり愚痴っぽくなっていた（竹河《たけかわ》巻）。玉鬘の物語は女にとっての結婚の問題に初めて本格的に取り組んだ物語である。

第十三回

女三の宮の登場の意味とはなにか

紫の上の結婚の意味

新しい物語のはじまり

源氏物語の第一部は光源氏家の慶事で締めくくられた。跡取り息子の夕霧は雲居《くもい》の雁《かり》と晴れて結婚し、一人娘の明石の姫君は東宮に入内した。源氏じしんは準太上天皇になり、冷泉帝と朱雀院がそろって六条院に行幸するという栄光につつまれた（藤裏葉《ふじのうらは》巻）。

ところが、第二部の物語は朱雀院が母に先立たれて後見のいない女三の宮の将来を心配して、婿選びに心を砕くところから始まる。朱雀院は健康に不安をいだき出家したいと思っていたから、女三の宮の結婚問題は緊急の課題になった。女三の宮はこれまでの物語には片鱗も姿を見せることのなかった人物であるが、ここで突如登場すると栄耀栄華に自足していたはずの光源氏世界の内面的な矛盾を、その存在自体によって暴いていく。物語はあきらかに新しい構想のもとに新しい段階を目指していた。女三の宮はそうした新しい物語のために呼び出されたのである。

女三の宮がどういう人物かというと、母は先帝の内親王で藤壺女御という。桐壺帝の藤壺中宮の腹違いの妹である。朱雀院の東宮時代に入内して、皇后になってもよかった人だが、有力な後見がいなかったところに、弘徽殿大后が朧月夜を支援し、朱雀院も朧月夜を寵愛したので、藤壺女御はすっかり圧倒されてしまった。彼女はわが身の不運を恨みながら亡くなった。朱雀院は藤壺女御への償いの思いもあって、女三の宮を鍾愛《しょうあい》した。

父親として鍾愛する娘の幸福への願いは、真剣に考えれば考えるほど不安が先立つ。朱雀院は女三の宮の将来について東宮や乳母を相手に次のように話した。

世間の例として女は本人の意志に反して女房などの手引きで心ならずも男と逢い、軽率な浮き名を流して、世間から非難される運命に遭うことがある。特に女三の宮は年も幼く、私一人を頼りにしてきたから、私の出家後に身寄りもなく心細く生きていくのだろうと思うと心配でならないと話した。相談にあずかる乳母も、高貴な身分といっても女の運命は定めなく心配の絶えないものだと話す。「女はいと宿世《すくせ》定めがたくおはしますもの」（若菜上巻）というのが、彼らの共通認識であった。物語は女の人生の問題に正面から向き合おうとしていたのである。

それは「雨夜の品定」以来の物語の主題であった。「雨夜の品定」は女の生き方を問いかける議論であり、そこでも「女の宿世はいと浮かびたるなむあはれにはべる」（帚木巻）と語られていた。

女三の宮を登場させた物語はそういう問題を俎上に載せたのである。女三の宮の身分にふさわしい人生はどうしたら保証できるかと、朱雀院は苦慮した。昔は皇女は独身で通すことがよいとされて、それが尊重されたが、今は身分の低い好色な男のために浮き名を流し、亡き親の面目を汚す例も珍しくはないと、朱雀院は言う。独身を通すことがむずかしいとなれば、安心できる結婚相手を選ぶほかない。運命は知りがたいから不安ではあるが、親の決めた相手と結婚したのであれば将来不幸な目にあっても、本人の責任にはならず、本人が非難されることはない、女三の宮のためにはそうするのがよい、と朱雀院は考えた。

そうした慎重な上にも慎重な思案のあげく、結局源氏以外にふさわしい婿はいないという結論になる。昔源氏が幼い紫の上を養育したことが女三の宮を託すにふさわしいと考える理由になったのである。

❖——失望と後悔にくれる光源氏

光源氏が女三の宮との結婚を承知したのは紫の上に優るかもしれないという密かな期待を抱いたからであった。女三の宮が藤壺中宮の姪であることは紫の上と同じだが、その境遇は紫の上にはるかに優っていた。紫の上にまさる藤壺中宮のゆかりへの期待が源氏の心を動かした。源氏の藤壺中宮への思慕は、紫の上との平穏な日々にも依然深層に底流し続けていたのである。

光源氏が女三の宮と結婚したのは四十歳の二月であるが、この年は源氏の四十の賀の祝宴が一年を通して行われた。これは世間的には女三の宮の降嫁に花を添える慶事であり、光源氏の栄耀栄華の象徴であった。さらにこの婚姻については、世間では準太上天皇光源氏にふさわしい身分の妻が迎えられたと受け止めた。紫の上以下の夫人たちは今の源氏の身分には見劣りすると世間では見なしていた。そうした意識は源氏にもあったと見てよい。女三の宮がこれまで紫の上が占めてきた地位に取って代わるのである。

それは六条院における居住空間に端的に表示される。女三の宮は六条院の春の町の寝殿の母屋の西面《にしおもて》から西の対《たい》を占有したが、紫の上は東の対に源氏と同居するのであり、格式の違いが歴然と示された。寝殿の母屋の東面は明石女御が退出したときに利用された。

ところが、女三の宮の降嫁は源氏と紫の上を無残に傷つけることになった。女三の宮は十四、五歳であったが、年齢の割に小柄でひどく子どもっぽく幼かった。そういう少女を妻にしたことを源氏は後悔し、紫の上を引き取った時の才気煥発な様子と比較して落胆するが、その一方でこれなら紫の上に対抗して高飛車に出ることはあるまいと安堵した。

源氏は女三の宮があの恋い焦がれた藤壺の姪――「ゆかり」であることに心を動かされたのだが、「ゆかり」はそれだけでは藤壺に代わる女性――「形代《かたしろ》」にはなりえなかったのである。紫の上が藤壺の「ゆかり」として「形代」になりえたのは稀有なことであった。源氏はそのことにようやく

［図版］六条院の女楽。手前中央が明石の君琵琶、正面左から紫の上和琴、明石女御箏《そう》、女三の宮が琴《きん》の琴《こと》を弾き、玉鬘や夕霧の子息が横笛を合わせる。『源氏物語手鑑　若菜三』。

気付く。

婚儀は三日間続いた。これは当時の慣例であるが、その初日から源氏は女三の宮への失望と後悔に暮れ、いろいろな事情があったにせよ、どうして新しく妻を迎えるようなことをしたのか、浮気っぽく意思の弱くなった気のゆるみからこのようなことになったのだと思う。源氏は自分の決断を後悔しながら、なす術がなかった。女三の宮は紫の上にまさる正妻として待遇しなければならず、それが紫の上を傷つけ悲しませる現実が六条院を暗鬱な世界に変えた。

光源氏は女三の宮のもとに三日間通い続ける。紫の上にとって源氏が三日続けて別の女の所に通うという経験は結婚以来一度もなかった。彼女は表面は平静に源氏に協力していたが、内心では自分の立場がこれまでとは打って変わったものになることに不安を強めていた。女三の宮は若く華やかな上に、宮の威勢を盛り立てようとする乳母たちが源氏の通い方にも目を光らせていた。

目に近く移れば変はる世の中を行く末遠くたのみけるかな（若菜上巻）

目の当たりに移り変わっていく夫婦仲でしたのに、行く末長くとあてにしていたことでしたと、源氏の愛の頼みがたさを恨む。源氏は「この三日間は通って行かないわけにはいかない。これ以後の途絶えはありません。」と紫の上に哀訴する。紫の上はこれまでも源氏が身分の高い妻を迎えるのではないかと思っていたが、それももうないだろうと安心した今になって、女三の宮の降嫁という世間の耳目をそばだたせる事態に出遭ったので、今後もどんなことが起こるかと不安でならないのであった。そうした不安を抱きながら、源氏への協力は非の打ち所なく果たした。

❖ 紫の上の嘆き

そのような中で源氏は紫の上の不信感をさらに強めるような行動に及んだ。女三の宮の婚儀がすんで安堵した朱雀院が西山の寺に移り、朱雀院の妃たちもみな院に別れを告げてそれぞれ里に退るが、その時源氏はそれを待ちかねたかのように朧月夜に忍んだ。早朝、寝乱れた姿で帰ってきた源氏を見て、紫の上はそうであろうと見当を付けるが、もはや彼女は見て見ぬふりをした。無関心をよそおう紫の上の態度に不安になった源氏は、そういう時の常として来世までも変わらぬ愛を誓い、最後はすべてを打ち明けて許しを請う。その一方で、人目に隠れてもう一度逢いたいものだと話した。こうした身勝手な言動が紫の上を傷つけ不信感を強めることはわかっているはずであるが、源氏はいつの間にかそうした節度をなくしていた。

一方、紫の上は女三の宮に嫉妬して世間の物笑いになるような振る舞いはすまいと思い、宮が降嫁して三四ヶ月経ったころ、進んで女三の宮への対面を申し出て源氏を喜ばせた。しかし、内心では源氏の妻として自分にまさる人がいるはずがないと思い、女三の宮に卑下して挨拶にうかがうのも、みなしごであった身の上を源氏に引き取られそのまま結婚してしまったことが不運であったと思っていた。

この時紫の上は源氏との結婚が通常の儀式婚によらず、事実婚として始まったことに改めて思いを馳せていたのである。『岷江入楚《みんごうにっそ》』[*1]は「本式の嫁娶《かしゅ》の儀なきを口惜しとなり」、「本式に嫁娶の礼なく、紫の上などの様なるをば野合といふ」と注釈した。紫の上の結婚は父宮に知らせることもな

*1 **『岷江入楚』** 八四頁脚注2参照。

く、むろん承諾もなく、披露宴もなく、三日夜餅《みかよもち》*2が準備されただけの結婚であったから、制度的にいえば「本式の嫁娶の儀」のない「野合」であった。愛情だけで結ばれた結婚であった。それが女三の宮を迎えた今、深い負い目と感じられたのである。

物語は結婚とは何かを問うているのである。源氏物語に語られる結婚は女の男親の了承が何より大事であった。光源氏と葵の上のように親同士が決めた結婚もあるが、一般には婿を選ぶのは女の男親である。朱雀院が女三の宮のために光源氏を、今上帝が女二の宮のために薫を、夕霧が六の君のために匂宮を、「帚木」巻の博士が藤式部を、明石入道が源氏を選んだようにである。婿側が女の男親に働きかける例として、柏木が朱雀院に女三の宮を願うが認められなかった。女の男親の判断が重要であった。本人同士の合意であっても、女の保護者の承諾は不可欠であった。玉鬘と髭黒の例はそういう経緯をよく示している。こうして女の男親や保護者の承諾のもとに儀式婚を挙げることが社会的に認知されるための条件であった。紫の上はそういう儀式を経ていなかったことに今苦しむのである。女にとっての結婚の問題がきびしく見据えられている。

*2 **三日夜餅**
婚礼の儀。小さな餅を三枚の銀盤に盛り、結婚した男女に供す。結婚した日から三日間行なうことからこの名がある。

❖第十四回❖

桐壺更衣入内の「謎」が明らかとなる

悲運の皇子と明石一門再興の物語

❖没落した名門再興に賭けた明石入道の悲願

第十三回では女三の宮の降嫁による光源氏と紫の上との心の乖離、紫の上の苦悩の物語について述べた。第二部の物語はこうした光源氏世界の人々の苦悩を語ることを主眼にするが、それは決して準太上天皇光源氏の栄誉や権勢が衰えたことを意味するものではない。むしろ明石姫君が東宮の女御となり、その第一皇子が生まれ、長男夕霧も順調に昇進を重ねて、光源氏家の世間的な地位は前にもまして高まっていた。その明石女御の皇子が誕生した時、女御の外祖父の明石入道から長い手紙が届けられた。そこには没落した名門の再興のために生きた明石入道の悲願が記されていた。

その手紙からは光源氏の人生も光源氏だけの人生ではなく、明石入道の悲願の達成のために生かされていた因縁が明らかになってくるのである。それはまた第一回で桐壺更衣の入内について、なぜ按察使《あぜち》大納言が更衣の入内を遺言したのか謎であると記したが、その謎解きにもなる。明石入道の手紙で明らかになる源氏と明石の人々との因縁とはどのようなものであったのか、物語を遡って見てみよう。

光源氏が明石入道の話を初めて聞いたのは、十八歳の春、病気の治療のために北山の聖を訪ねた時のことである。治療の合間に山を散策する源氏は、北山から眺める京の景色の美しさに感動した。その時従者が風光明媚な明石の浦を話題にするついでに話したのが、明石の浦に住む風変わりな入道のことであった。入道は大臣の子孫であるが、変わり者で近衛中将を捨てて自分から播磨の国守になり、そのまま明石に住み着いて入道になった。没落意識が大変強いが、一人娘には特別な期待を寄せていて、身分相応の結婚は許さず、自分の思い描いている結婚ができないときには海に入水せよと遺言しているというのであった。源氏は入水を遺言されている娘のことが気になった。

それから八年後、源氏は政争に敗れて須磨に退去した。一年経った春、嵐の最中に源氏は父桐壺院の須磨を去れと告げる夢を見たが、同じころ明石入道にも嵐がおさまったら須磨に迎えの船を出せという夢の告げがあり、源氏は入道に迎えられて明石に移住した。そこで源氏は入道の娘、明石の君と結婚し、二年後には姫君が生まれた。北山の話はこういう物語の伏線であった。姫君が誕生した時、源氏が宿曜《すくよう》の予言を思い出して、この姫君が将来皇后になると確信したという話は第七回で触れた。

宿曜の予言の通り、明石姫君は十一歳で東宮に入内し、十三歳で東宮の第一皇子を産む。この皇子誕生のことを知った入道は、これまで祈り続けてきた悲願のいわれと、大願成就の暁に果たすべき住吉神へのお礼参りのことを記した長文の手紙を明石の君に送ったのである。それによれば入道は明石の君の誕生の時に見た瑞夢《ずいむ》の実現のために生きてきたというのであった。

❖――明石の君の結婚相手はなぜ光源氏でなければならなかったのか

その瑞夢とは次のようなものである。

わがおもと生まれ給はむとせし、その年の二月のその夜の夢に見しやう、みづから須弥《しゅみ》の山を右の手に捧げたり、山の左右より月日の光さやかにさし出でて世を照らす、みづからは山の下の陰に隠れて、その光にあたらず、山をば広き海に浮かべおきて、小さき舟に乗りて、西の方をさして漕ぎ行くとなむ見はべりし。(若菜上巻)

この夢については中世の源氏注釈書の『花鳥余情』[*1]が『過去現在因果経』という仏典に、これに似た夢の話があると指摘したうえで、入道の見た夢の意味を解き明かしている。すなわち「右の手」は女を象徴するので明石の君を指し、「月」は中宮を意味して、明石の姫君が将来中宮になること、「日」は東宮を意味して、明石の君の孫に東宮が生まれるという瑞兆、入道が山の陰に隠れて光に当たらないというのは、入道は栄華をむさぼる心がないから、子孫の繁栄の恩恵にあずからないということであり、「山をば広き海に浮かべおく」というのは、山は須弥山《しゅみせん》で世界の中心であるから、東宮がやがて即位して天下を治める意味であり、「小さき舟に乗りて云々」は入道が西方極楽世界

*1『花鳥余情』 二六頁脚注1参照。

に往生するという意味であると解釈した。これはそういう瑞夢であり、入道もこの夢をそのように解釈したのである。

これは要するに明石の君を介して入道の子孫に中宮と天皇が生まれるという瑞夢である。入道は夢の実現を住吉神に祈願し続けたが、とはいえ、どのようにすれば夢が実現するのか。神仏に祈ってもそこまで具体的なお告げがあるわけではない。しかし、入道には確信があった。源氏が須磨に来たのは単なる偶然ではなく、娘の宿運が源氏を呼び寄せたのだと入道は考え、光源氏を説き伏せて娘との結婚を実現する。これが夢の実現の第一歩であった。

なぜ結婚相手が光源氏でなければならなかったのか。入道にはその理由は明白であった。源氏が明石一門の血筋であったからである。実は明石入道の父の大臣は桐壺更衣の父の按察使大納言と兄弟であり、入道と桐壺更衣とはいとこであった。源氏の母方の血筋は明石一門であり、明石の君と源氏はまたいとこになる。この婚姻は明石一門の再興を意味するものだと入道は考えたのである。

家の系譜が男系原理である以上、入道の家も桐壺更衣の家も跡継ぎの男子がいない以上断絶するしかない。にもかかわらず、明石入道も按察使大納言も娘には格別の期待を寄せていた。大納言は更衣を入内させて、光源氏が生まれたが、明石入道は娘と光源氏との結婚を実現させた。これが断絶する名門、明石一門の再生と復興になるのである。明石一門は源家として再生する。光源氏家という新しい源家の誕生――これが入道の考えたところである。

これは男系原理の家の観念とは齟齬するが、明石の君から入道の手紙を見せられた源氏は、明石入道家の歴史にふれながら、入道は没落したが、女子によって子孫を残したと話した。

〔図版〕明石の入道邸に移った源氏が琴を弾いていると、その音に誘われて入道が参上する。入道は娘の明石の君に寄せる期待を源氏に語りかける。右奥、琵琶を弾いているのが明石の入道。『源氏物語絵色紙帖　明石』。

入道の先祖の大臣はたいへん優れた人でまれな忠誠心で朝廷に仕えたが、何かの行き違いがあって恨みを買い子孫が衰えたと世間では言っているが、娘の筋でこのように子孫が絶えたとは言えないのも、入道の長年の勤行の功徳なのであろう、と源氏は話した。この「女子の方につけたれど、かくていと嗣《つぎ》なしといふべきにはあらぬも」（若菜上巻）という源氏の言葉は、入道の考えを的確に理解している。

中世の源氏注釈書である『花鳥余情』はこのところに三条天皇の皇統を例示して次のように述べた。

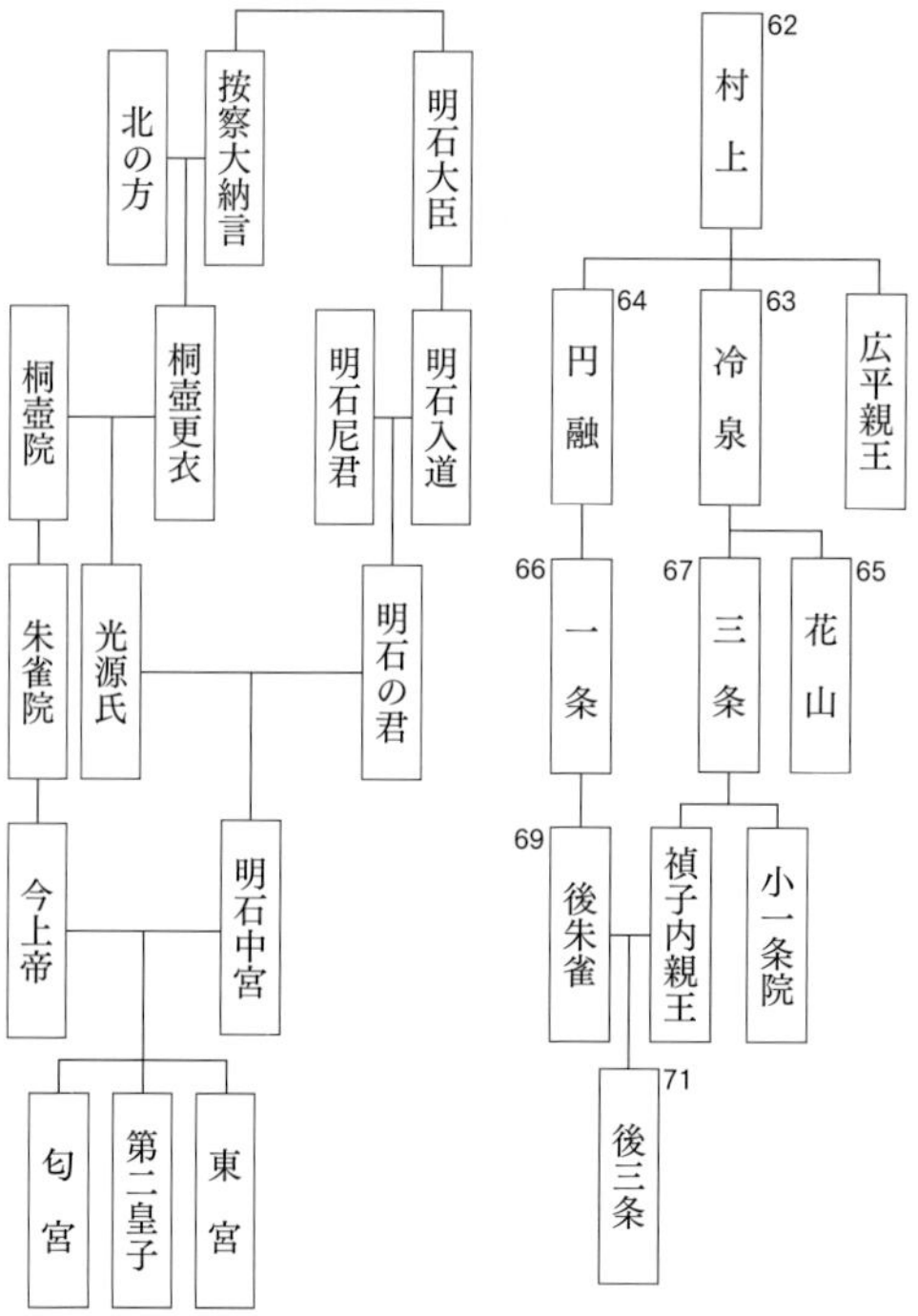

昔、村上天皇の第一皇子である広平親王が冷泉天皇と立太子争いをして敗れた。広平の外祖父民部

卿元方はそれを恨んで死んだが、それ以後元方の霊が冷泉、花山、三条と冷泉皇統に崇り続け、敦明《あつあきら》太子（小一条院）が東宮を辞退して、三条天皇の皇統は絶えた。しかし、三条の娘の禎子内親王が後朱雀に入内して、後三条を儲けたために子孫は残った――「三条院の御末、男かたは絶えさせ給ひて、女かたよりは御子孫をのこし給へる事」という。三条天皇の男の血筋の皇統は絶えたが女の血筋で皇統に子孫を残したという。

これは明石入道家が男の血筋は絶えたが、明石の君によって子孫が繁栄する物語に似ていると指摘した。そしてこれは源氏物語より後の時代のことであるから、物語が歴史を参考にしたわけではないが、世間の道理は昔も今も変わらないと付け加えた。

❖宿曜の予言が現実となる

この『花鳥余情』の注釈に従えば、明石一門は桐壺更衣と明石の君という女子を介して光源氏家として復興したということである。明石一門は光源氏家という新しい源家に再生したのである。

その上で明石入道の祈願していたことは子孫に天皇が生まれることであった。明石女御の皇子誕生を聞いて、入道ははじめて「月日の光さやかにさし出でて世を照らす」という夢の告げを披露したが、子孫が王権につくことが入道の最終目的であった。そしてこれは桐壺更衣を入内させた按察使大納言の遺言とも共通する明石一門の遺志であったと考えることができる。大納言も入道と同様に子孫に天皇が生まれることを念願したのである。それが大納言の遺言の真意であったと考えられる。光源氏が「帝王の相」を持つ皇子として生まれ準太上天皇になったことは、大納言の念願がほぼかなったことにほかならない。その源氏の子孫が次々に即位することで、入道と大納言の遺志は成就する。更衣の入内にはこのような一門の遺志があったのである。

源氏四十六歳の年、冷泉帝が東宮に譲位し、新しい東宮には明石女御腹の第一皇子が立った。新帝の伯父鬚黒大将が右大臣に、夕霧が大納言に昇進した。明石女御が中宮になり、国母になることは間違いなく、澪標《みおつくし》巻の宿曜の予言（源氏の子が天皇、皇后、太政大臣になる）どおりに現実は進行していたのである。光源氏家の繁栄に不安はなく、明石入道の大願成就も近づいていた。

それにしても彼らはなぜそのように王権にこだわったのであろうか。考えられることは、明石一門の先祖が皇位継承に敗れた親王であり、王権から排除された先祖の無念の回復が彼らの悲願になっていたのではないかということである。それが彼らの共有した精神であったと思われる。

それではなぜそのような物語が語られたのだろうか。やはりその背景には歴史上の廃太子事件の史実や伝承を考えなければならない。平安初期の早良《さわら》親王、高岳《たかおか》親王、恒貞《つねさだ》親王の廃太子事件は特に有名である。早良親王は桓武天皇の弟で皇太子であったが、延暦四年（七八五）、謀反の罪で淡路に配流の途中で亡くなるが、その後災異が起こり、桓武天皇は親王の祟りと恐れた。高岳親王は父平城天皇の薬子《くすこ》の変（八一〇）によって皇太子を廃され、後に出家し天竺への渡航に立った。恒貞親王は承和の変（八四二）によって謀反の罪で廃太子となる。恒貞は「容姿端麗、挙止閑麗」であったといい、その悲運には世の同情が集まった。明石一門の物語はそうした悲運の皇子たちの伝承を背景に持つ王権回復の物語であったと考えてよい。こうした王権回復の物語は『狭衣物語』や『浜松中納言物語』にまで受け継がれた。

❖第十五回❖

落葉の宮の人生は読者に何を問いかけるのか

夕霧の惑い――「筒井筒の恋」のその後

❖ 落葉の宮に紫の上を重ね合わせる夕霧

女三の宮との密通を光源氏に知られた柏木は、犯した罪の重さに堪えきれず衰弱して死の床に伏す。夕霧が見舞ったとき、柏木は自分の死後、妻の落葉の宮に対して配慮してほしいと依頼した。柏木の死後、夕霧はその遺託に応えて落葉の宮を慰問するうちに、次第に心を魅かれていく。「横笛」「夕霧」の二巻は夕霧の落葉の宮への恋が、初恋で結ばれた雲居《くもい》の雁《かり》（旧頭の中将の娘）との家庭を破綻させる悲喜劇を語る。夕霧、二十八歳から二十九歳の物語である。

落葉の宮は朱雀院の第二皇女で女三の宮の異母姉である。母の一条御息所は皇女は独身で過ごすのがよいと考える古い考え方の持ち主であったから、落葉の宮と柏木との結婚にも不賛成であったが、柏木の父太政大臣（旧頭の中将）と朱雀院とがそろって勧めたので、やむをえず承諾したものの、その結婚が柏木の早世に終わってしまった不運が嘆かわしいと、夕霧に悔やんだ。

落葉の宮は母とともに一条の宮で暮らしていたが、夕霧は訪問を重ねるうちに落葉の宮の奥ゆかしい人柄と風雅な暮らしを好ましく思うようになった。それというのも、夕霧の家庭は雲居の雁とのあいだに何人もの子どもがいて活気に満ちていたが、逆に風流とはかけ離れた暮らしであり、奥ゆかしさもなく気ままに振る舞う雲居の雁の態度にも不満を感じていたからである。落葉の宮の悲しみとつれづれを紛らわす風流の暮らしに、夕霧は憧れをつのらせた。

落葉の宮に憧れる夕霧の深層心理には紫の上への憧憬があった。彼はたった一度だけ紫の上を見たことがあった。十五歳の秋、野分が吹き荒れた早朝、六条院を訪ねた夕霧は偶然妻戸の開いている隙間から紫の上を見、その美しく魅力的な姿に茫然自失した。それ以来彼は紫の上の動静には関心を寄せていた。女三の宮が光源氏に降嫁したとき、世間では紫の上との確執を予想したが、紫の上は女三の宮との間に親和的な関係を作り上げ、源氏に協力して六条院の雅びを演出した。夕霧はそのみごとさに感嘆し、紫の上は非の打ちどころのない理想的な人だと思った。

夕霧が一条の宮邸に落葉の宮を訪ね、琴や琵琶の合奏に感激したのも、落葉の宮に紫の上の暮らしぶりを重ねて理想化していたからである。夕霧が宮邸から帰宅すると、雲居の雁は格子を下ろして早々と就寝していた。夕霧が落葉の宮にご執心だという女房の告げ口を聞いて腹を立てていたのである。夕霧は「妹《いも》と我と入るさの山の」と催馬楽《さいばら》を口ずさみながら、格子を上げさせ、「かかる夜の月に、心やすく夢見る人はあるものか。すこし出で給へ。あな心憂」（横笛巻）などと風流がる。夕霧には彼なりの心の渇望があった。

しかし、そうした夕霧の突然の風流ぶりが雲居の雁にはおもしろくない。夕霧と雲居の雁の物語は『伊勢物語』二十三段「筒井筒の恋」のように、初恋の少年と少女が成人して結婚し、幸せな家庭を作るという型の物語であるが、そうした物語のその後を問うのである。

❖――光源氏のパロディ――二度目は喜劇として

それはどのような物語か。夕霧巻の物語は六条院における光源氏と紫の上との葛藤のパロディであるといえる。柏木の死後二年が経った年の八月、一条御息所が病気の治療のために小野の山荘に落葉の宮ともども転居した。見舞いに訪ねた夕霧はその夜落葉の宮に意中を訴え、一夜を明かしたが、二人の間に男女関係が結ばれたわけではなかった。ところが、祈祷僧が御息所に夕霧が宿泊したと告げた。これを聞いて驚いた御息所は夕霧の真意を確かめるべく手紙を送ったが、その手紙を雲居の雁が奪って隠してしまった。そういう御息所の側の深刻な状況が夕霧の家庭においては一変するのである。夕霧は焦燥しながらも穏やかに奪い返そうとして、「あなたはいつも私を馬鹿にしている」となじるが、雲居の雁は「あなたこそ私を馬鹿にしている」と言い返す。夕霧が「私のように妻一人を守ってびくびくしているのは、世間の笑い者になっている、何人もの夫人たちの中で正妻として重んじられるほうがあなたも世間から奥ゆかしく思われるでしょう」と言うと、雲居の雁は「夕霧が急に華やかな振る舞いをするようになったものだから、自分のような古妻はつらくてならない、昔から馴れてはいないのだから」と言い返す。こうしたあけすけな夫婦の言い合いが夕霧の家庭では日常的なことであった。それは六条院の対極にあるものとして生彩を放つ。逆にいえば、六条院世界の息苦しさや重苦しさを照らし出す。

しかし、こうした夕霧の状況が御息所の死を早めたのである。手紙を奪われた夕霧は焦燥しながらも、返事の書きようがなく、数日後やっと見つけて返事をしたためたが、御息所は夕霧が手紙も寄こさず訪問もしないことに誠意がないと落胆して急逝した。落葉の宮は母の死は夕霧のせいだと固く心を閉ざした。

葬儀には夕霧も駆けつけ、その後は日々弔問し布施や供養の贈り物をしたが、落葉の宮の心が解けることはない。一方、雲居の雁も夕霧が落葉の宮に本気になっていることを知ると、嘆きは深まる。彼女は夕霧が何かにつけて六条院の夫人たちを例に引いては見習えと言い、自分をかわいげのない奥ゆかしさのない者に思っているのが不満だった。自分も昔から六条院の夫人たちのように暮

［図版］落葉の宮の母・御息所から、宮と一夜を過ごした夕霧にその真意を確かめる手紙が届く。妻の雲居の雁はそれを落葉の宮からの恋文と思い、夕霧の背後に忍び寄って奪い取ってしまう。国宝『源氏物語絵巻　夕霧』。

らしてくれば、そのように過ごすこともできようが、世間の模範のような人柄だと親兄弟からも言われた夕霧なのに、月日が経てば浮気をされて恥をかくような目に遭うことだと嘆いた。

夕霧はといえば、落葉の宮に求婚しつづけたが、宮は逢おうとはしない。夕霧はついにむりやり宮を小野から一条の宮に移し結婚をせまるが、落葉の宮は塗籠《ぬりごめ》＊1に隠れてしまう。こうなって引き返すわけにも行かず、夕霧は女房に手引きをさせて結婚した。それを知った雲居の雁は子供たちをつれて父の邸に帰ってしまった。あわてて夕霧は迎えに行くが、なす術もない。彼は「いかなる人かやうなること、をかしうおぼゆらむなど、もの懲りしぬべうおぼえ給ふ（どういう人がこういう色恋沙汰をおもしろいと思うのかと、こりごりした気になる）。光源氏―紫の上―女三の宮の関係における源氏と紫の上の深刻な葛藤が、夕霧―雲居の雁―落葉の宮の関係では、夕霧のドタバタ喜劇として語られたのである。

しかし、夕霧と結婚した落葉の宮が六条院における女三の宮のパロディであったわけではない。落葉の宮の人生は女三の宮と同様に朱雀院の危惧した女の運命の頼りなさを語るものにほかならない。

❖周囲の状況に翻弄される落葉の宮の人生

落葉の宮の母一条御息所は夕霧が小野の山荘に泊まったと祈祷僧から聞いたときから、これが噂になり、落葉の宮の浮き名が立つことは避けられないと考えた。御息所は宮と夕霧との結婚が柏木の妹の夫との結婚ゆえ、太政大臣家の不興を買うことや、皇女の身で二人の男と結婚する（二夫に

＊1 **塗籠**
寝殿のなかの土壁で囲んだ部屋。寝室、調度品・衣類等の収納などに使用した。産前産後や臨終の際、また物の怪を避けるために塗籠に籠った。

まみえる）不面目を思って苦慮したが、同時に落葉の宮が浮き名を立てられる隙を作ったことを軽率で不注意なこととたしなめた。そして夕霧との噂が立った以上は世間からとやかく言われても、素知らぬ振りをして結婚するしかないし、夕霧が宮を重んじて普通の結婚ができれば将来はそれでよかったということにもなろう、と落葉の宮に話した。そのように考える御息所は夕霧の訪問を心待ちしていたが、彼の訪問はない。手紙も何日もたってから届くという有様で、御息所は夕霧に誠意がないと落胆して、亡くなった。

母を亡くした落葉の宮は父朱雀院に出家したいと訴えたが、朱雀院は許さない。朱雀院にとっては女三の宮に続いて落葉の宮が出家するのは世間体が悪く、またしっかりした後見のいない落葉の宮の出家は尼になってから浮き名を流すことがありえないわけではないという心配もあった。こうして落葉の宮は夕霧との結婚を既成事実として認めさせられるほかなくなるのであるが、その人生は本人の意思とは関わりなく、周囲の状況に翻弄されたものであった。女三の宮とよく似ている。

このような落葉の宮の人生を通して物語はどのような問題を見据えていたのだろうか。落葉の宮に落ち度があったとすれば、御息所が言ったように夕霧につけいる隙を見せたことである。源氏も夕霧から落葉の宮と箏《そう》の琴や琵琶を合奏したと聞いたとき、女は男の心を引くような振る舞いはすべきではないと話した。落葉の宮には隙があったのである。その点を御息所は「思はずに心幼くて」とか、「いといはけて強き御心おきてのなかりける」（夕霧巻）と言ってたしなめていた。子どもっぽくてしっかりした心構えがないというのである。これも女三の宮と共通する。女はどのように振る舞ったらよいのか。あるいはどのように生きたらよいのか。

紫の上も落葉の宮の話を源氏から聞いたとき、宮に同情しながら次のようなことを思っていた。

女ばかり身をもてなすさまもところせう、あはれなるべきものはなし。もののあはれ、折りをかしきことをも見知らぬさまに引き入り沈みなどすれば、何につけてか世に経るはえばえしさも、常なき世のつれづれをも慰むべきぞは。おほかたものの心を知らず、言ふかひなき者にならひたらむも、生ほしたてけむ親も、いと口惜しかるべきものにはあらずや。心にのみ籠めて、無言太子とか、小法師ばらの悲しきことにする昔のたとひのやうに、あしき事よき事を思ひ知りながら、埋もれなむも言ふかひなし。(夕霧巻)

女くらい身の処し方が窮屈でかわいそうなものはない。ものの情趣や折々の風情をも分からないふうに引っ込んでおとなしくしているのでは、何によって生きていく張り合いがあり、無常なこの世の所在なさを慰めることができようか。世間の道理も知らず、何の役にも立たないような者になったのでは、育てた親にとっても残念なことではないか。すべて心の奥にしまいこんで、無言太子とか、小法師たちが悲しいことの例にする昔のたとえ話のように、悪いこと、善いことを承知していながら、黙っているのもつまらないことだ。

紫の上は女の生き方の不自由さをこんなふうに思っていたのである。自分の感じていること、思っていることをも言わずにいるのでは、こんなつまらないことはないというのである。

玉鬘の物語は結婚は人生の墓場なのかと問いかけていた。その後の紫の上、女三の宮、落葉の宮の物語もまた結婚とは何か、女の人生とは何かということを繰り返し問うていたのである。女たちはどのように生きたらよいのか。物語の中に答えが示されるわけではない。それは物語をここまで書き進めてきた作者紫式部の問いかけである。

❖第十六回❖

光源氏にとって人生とは何であったか

紫の上の死と光源氏の出家

❖――――光源氏の「不本意な運命」の意味とは

光源氏が死んだのは五十代半ばである。源氏物語の主要な人物たちは概ね五十代で亡くなっている。源氏の舅であった摂政太政大臣が六十六歳、明石入道が七十五歳ほどで、彼らが長命の代表である。源氏と関わった女性たちは藤壺が三十七歳、紫の上が四十三歳、六条御息所が三十六歳というように、源氏よりずっと若くして亡くなっている。なぜそうなのかは女性たちの心の苦悩を語る物語の主題と切り離せない問題であるはずだ。

しかし、死に先だって彼らは出家する例が多い。出家の動機や理由はさまざまであるが、根本は罪障を懺悔して極楽往生を祈るものである。藤壺は夫の桐壺院の死後、言い寄る源氏を拒絶し、わが子冷泉の即位の無事を祈ることを直接の動機としていたが、出家生活は源氏との罪障の懺悔にあったと考えてよい。

光源氏の出家は紫の上に先立たれ、悲嘆に暮れる一年有半を過ごした後に実行された。出家生活については何も語られないが、嵯峨野の寺で出家し、そこで極楽往生を念じつつ生涯を閉じたと考えられる。この寺は三十代半ばに造営した寺である。

紫の上を亡くした悲しみのさなかに、出家の覚悟を固める源氏は次のような述懐をした。「昔からの身の上を考えてみると、自分は顔立ちをはじめ才能も身分も人より優れていたが、幼い時分からこの世の悲しく無常であることを悟らせようと仏などが促してくださった身であったのに、素知らぬ振りをして過ごしてきた挙げ句に、過去にも将来にも例がないと思われる悲しい目（紫の上の死）にあった。今はこの世に思い残すことはなくなった。ひたすら仏道の修行をするのに差し障りはないが、今はまだ気持ちが乱れて静めようがないので、念願の出家もしがたい。」（御法《みのり》巻）

同様のことを昔から仕える女房を相手に話すこともあった。「私はこの世のことについては不足に思うようなことは何一つないと思うほどに、高貴の身分に生まれたが、また世間の人よりは格別に不本意な運命であったと思うことが絶えない。この世は無常でつらいということを悟らせようと、仏などがお決めになった身なのであろう。それをしいて素知らぬ顔をして生きてきたので、死もまぢかな晩年になって悲しみの極み（紫の上の死）に遇った。運命のつたなさや私自身の器量の程度も、すべて見届けて気が楽になったので、今はこの世への執着はなくなったが、皆さんと別れて出家するときには今一段と心が乱れることでしょう。思い切りの悪い性分ですね。」（幻《まぼろし》巻）

この光源氏の述懐は人生を総括するものである。源氏はこの世で不足に思うようなことはなかったと言う一方で、「人よりことに、くちをしき契りにもありけるかなと思ふこと絶えず」（幻巻）と話した。世間の人よりは格別に不本意な運命であったというのは、何が不本意なのであったのだろうか。

❖――柏木事件は光源氏の罪業の報い

桐壺帝の皇子と生まれて、臣籍に下ったが、太政大臣として位人臣《じんしん》を極めたあとに、準太上天皇という身分に登ったのだから、その人生に不足があったはずはない。しかし、その一方で、藤壺への叶わぬ恋がトラウマのようにいつまでも光源氏の深層心理を支配し続けた。女三の宮との結婚はそういう源氏の深層の欲求に根拠があったのである。紫の上に優るかも知れないという、藤壺の「ゆかり」の少女への憧憬が源氏の深層意識を揺さぶったのである。

そこから光源氏の後半生は暗転をはじめた。紫の上との絆がひび割れ、彼女が病に倒れる。その隙に女三の宮を諦めきれなかった柏木が、源氏の留守を突いて密通する。柏木の子をわが子として抱く源氏は、それがあたかも自分のかつての藤壺との犯しの再現であるかのように思われて、因果応報に思いを馳せた。

実際、柏木の密通事件は源氏と藤壺との密通事件と類似点が多い。まず密通の相手はともに帝の妃―準太上天皇の妻であった。しかもその恋は少年時代の思慕に始まっていた。光源氏の藤壺への憧れは七歳のころに藤壺が入内したときに始まったが、柏木も少年時代に幼少の女三の宮の噂を聞いて思慕を寄せるようになったと話した。その憧れの女性へのかなわぬ恋は、源氏の場合は藤壺に

［図版］秋の夕暮れ、紫の上を見舞った明石の中宮、源氏の親子三人は歌を詠み交わしたが、紫の上はその後まもなく容態が急変し、二人に見守られながら静かに息を引き取った。画面右上が紫の上、その下が明石の中宮。国宝『源氏物語絵巻御法』。

よく似ている紫の上を妻にすることで心を慰めたが、柏木は女三の宮の可愛がる唐猫《からねこ》を手に入れて、宮への切ない思いを慰めた。紫の上も唐猫も、ともに代替のものであり、身代わりであることは変わらない。これを「形代《かたしろ》」というが、彼らはともに「形代」による慰藉に救いを求めた。しかし、その思いは高じて密通に至るが、ともに夢によって懐妊を知る。そして犯した罪の恐ろしさを思い、不義の子の誕生を知る。密通の相手となった藤壺と女三の宮がともに出家したという点も共通する。柏木事件は光源氏の藤壺事件と重ねあわせるように語られたのであり、これは因果応報という構図になっていると考えてよい。

女三の宮が柏木の子を生んだとき、源氏は「それにしても不思議なことだ。これは常々恐ろしいと思っていた罪業の報いなのだろう。現世でこうした思いがけない応報を受けたのだから、後生の罪も少しは軽くなるだろうか」と思った。柏木事件は光源氏の罪業の報いという構図で構成されていたのである。

光源氏の述懐する「くちをしき契り」とは、このようなことを意味していたと考えられる。そのような目に遇うのは、仏がこの世の無常を悟らせようとお決めになっていた身だからであろうと言う。こういう言い方もどのように解釈したらよいのかむずかしいが、そのまま受け取れば、出家を決断するための理由付けであり、自分で納得するための口実である。紫の上の死はそれに駄目押しする出来事であったということになる。そこから「宿世のほども、みづからの心の際」も見尽くしたという思いが出てくる。自分の人生は何であったのか、光源氏は得心していたように見える。出家が人生の最後の仕上げになるのである。

そのような出家の覚悟を次のように詠んだ。五十二歳の大晦日の夜である。

もの思ふと過ぐる月日も知らぬ間に年もわが世もけふや尽きぬる　（幻巻）

物思いをして過ぎてゆく月日も知らずにいるうちに、今年も、自分の人生も今日で尽きてしまうのか。「物思い」はいうまでもなく、紫の上への追憶と追悼に明け暮れた日々のことをいう。大晦日の夜、翌日の元旦の準備を指図しながらの歌である。源氏の出家への決意は固まったのである。光源氏の物語はここで終わる。年が明けて間もなく源氏は出家し、その数年後には亡くなったが、それは語られなかった。

❖

紫の上の死と人々の深い哀悼

紫の上は女三の宮とも協調して六条院の日々は平和に過ぎていったが、心労は彼女の身体をむしばんでいた。源氏は朱雀院の五十賀に女三の宮の成長を披露しようと、宮に琴《きん》の琴《こと》を熱心に教えていたので、その成果を試そうと六条院の夫人たちを招いて女楽《おんながく》を催した。紫の上三十九歳の正月のことである。女楽は大成功であった。源氏は気をよくして、その夜紫の上に過去の女性のことなども話題にする一方で、紫の上の人生は須磨の別れの時をのぞけば親元で過ごすような気苦労のないもので、女三の宮の降嫁はおもしろくないでしょうが、それにつけては私の愛情が一層まさっているのがお分かりでしょうと満足げに語った。

それに対して紫の上はよそからはそう見えても、自分にはこらえきれない嘆きが尽きないと言い、出家を許して欲しいと訴えた。その晩紫の上は発病し、二条院に転居して療養する。二条院は源氏から贈られた紫の上の私邸のようになっていたから、心が安らぐだろうと考えたのである。しかし、病は回復せず、四月の葵祭のころには一度息が絶えた。六条御息所の物の怪のせいであったが、その時の源氏の悲嘆する姿を見て、紫の上は自分が死んだときに源氏が悲しみに沈む様子を思うと気の毒で、死ぬのは思いやりのないことと思うようになった。現世への心残りはなく、長生きしたいとも思わなかったが、それ以来源氏への憐れみから気力を奮い起こして生きた。

この生死の境を乗り越えてからの紫の上の心境には変化が起こっていた。その時期はまた女三の

［図版］紫の上の死後、源氏は無紋の直衣を着て追慕の日々を過ごす。薫と遊ぼうと匂宮が女房に抱かれてやってくる。紫の上の植えた山吹が変らずに大きな房をつけている。『源氏物語手鑑 幻』。

宮の密通が発覚し、源氏の態度が大きく変わり、宮が一年後には出家したことも大きかったはずである。

「御法《みのり》」巻はそれから四年後、紫の上の死と人々の深い哀悼を語る。紫の上には、源氏が出家を許してくれないのが恨めしかったが、死への心の準備はできていた。三月には二条院で法華経千部の供養を盛大に催した。死の近いことを予感する紫の上は、ふだんは気にも掛けない人々の顔までがしみじみと見わたされて感慨にしずむ。明石の君や花散里と歌を詠み交わし、それとなく別れを告げた。花散里と交わした次の歌が「御法」巻の巻名となる。

絶えぬべきみのりながらぞ頼まるる世々にと結ぶ中の契りを（御法巻）

死に行く私のこの世の最後の法会ですが、この法会の結縁で結ばれたあなたとの来世までもの縁を頼もしく思います。

夏になると意識を失うことが時々あり、明石中宮が見舞いに来る。秋風のさびしく吹く夕暮れに、紫の上は脇息にもたれて前栽を眺めながら、源氏と明石中宮と歌を詠み交わしたが、その直後二人に見守られながら静かに息を引き取った。亡くなったのは八月十四日の暁で、源氏は十五日の暁には火葬に付した。そのように火葬を急いだ理由はよく分からない。

紫の上の死に対して世間は生前の人徳を絶賛した。幸運に恵まれた立派な人でも世間からそねまれたり、驕り高ぶって人を困らせる人もいるが、紫の上は関わりのない人々にも評判が良く、ちょっとしたことをしても称賛され、奥ゆかしく何事にも行き届いた希有な人柄であったと語られた。

この称賛の追悼は「薄雲《うすぐも》」巻の藤壺中宮の追悼と寸分違わない。死者を追悼する文章に六国史の薨卒《こうそつ》伝がある。薨伝は親王と三位以上の故人の略伝、卒伝は四位五位の故人の略伝である。后妃の薨卒伝もある。紫の上を追悼するこの文章は后妃の薨卒伝にならうものと考えてよい。これは紫の上を準太上天皇六条院光源氏の妻として準女御の待遇をしたものと考えられる。

❖ 桐壺帝と光源氏に同じ歌を詠ませた意味とは

ところで、先に見たように「幻」巻は光源氏が紫の上を亡くした悲しみに惑う心を整理するために要した一年を語った。正月から十二月までの四季折々の風物に寄せて、紫の上を追悼する源氏の悲嘆にくれる姿を語った。その中で、十月、空をわたる雁につけて、「長恨歌《ちょうごんか》」*1の道士《どうし》の故事を思う場面に触れておきたい。道士は楊貴妃《ようきひ》の死を悲しむ玄宗《げんそう》皇帝に同情して、方士《ほうし》という者を遣わして地の底から天の果てまで飛行させて、亡き楊貴妃の魂のありかを探させた。方士は楊貴妃に会い、形見の品を持ち帰った。

大空をかよふまぼろし夢にだに見えこぬ魂の行くへたづねよ（幻巻）

「まぼろし」は幻術士。「長恨歌」の方士である。大空を自在に飛行する幻術士よ、私の夢の中にも現れない紫の上の魂の行くえを捜しておくれ。「幻」の巻名はこの歌による。

ところで、この歌は光源氏の父桐壺帝の桐壺更衣を追悼する歌、

*1 **長恨歌**
一四頁脚注2参照。

尋ねゆく幻もがなつてにても魂のありかをそこと知るべく（桐壺巻）

とまったく同じ歌である。亡き更衣を探しに行ってくれる幻術士がいてほしい、更衣の魂の在りかがそこだと知りたい。

光源氏に父桐壺院と同じ長恨歌の歌を詠ませたことにはどのような意味があるのだろうか。紫の上は藤壺にそっくりであり、藤壺は桐壺更衣にそっくりであったから、紫の上は桐壺更衣に重なる。桐壺院は更衣の亡き後、更衣によく似た藤壺によって立ち直ったが、源氏は藤壺を慕って紫の上にめぐり逢った。源氏にとって紫の上は長いあいだ藤壺の「形代《かたしろ》」であり、藤壺への叶わぬ恋を慰める身代わりであったが、いつしか紫の上が「形代」の域を脱していたのである。その時期はおそらく女三の宮の降嫁後、一人苦しみに耐えるなかで、彼女が高貴に輝きを増していくことに源氏が驚嘆した時があったが、そうした時期と考えてよい。桐壺院にとって更衣の死が永遠の恨み（長恨）であったように、源氏にとっては紫の上が永遠の恨みの対象になったのである。桐壺院と同じ歌を詠んだ源氏は、この時父と同じ地点に立ったのである。源氏は父と同じ魂の軌跡を生きたのである。そうした父と子の魂の類同性を「まぼろし」の歌は確認するものになっている。光源氏は父桐壺院の魂のまごうかたない正嫡《せいちゃく》の継嗣《けいし》であった。「桐壺」巻で「長恨歌」の引用から始まった物語は、「幻」巻で「長恨歌」の引用によって物語を閉じた。しかし、その物語は「長恨歌」の地平を大きく越えて父と子の運命の物語へと展開していたのである。

❖第十七回❖

宇治十帖が語るものとはなにか

出生の秘密に苦悩する貴公子の物語

❖

薫の精神の彷徨の物語

「はじめに」でも触れたが、光源氏没後の源氏の子や孫の世代の物語が第三部の物語である。「匂《におう》宮《みや》」巻から「夢浮橋《ゆめのうきはし》」巻までの十三帖《じょう》である。最初の三帖ではまず「匂宮」巻で光源氏の子孫の繁栄が語られるが、中でも明石中宮の皇子の匂宮と、女三の宮の子の薫にスポットライトが当てられる。この二人がこの後の物語の主人公である。次の「紅梅《こうばい》」巻では故太政大臣（旧頭の中将）家の動静を語り、「竹河《たけかわ》」巻では鬚黒没後の鬚黒大臣家の様子を語る。この三帖の物語は正編の物語を支えた三つの権門のうち、光源氏の一門が太政大臣家や鬚黒大臣家を凌駕して繁栄する様子を語るかたちになっている。それは光源氏の余慶がもたらしたのであり、そうした子孫の繁栄によって源家の先祖となった光源氏もまた鎮魂されるのである。

この三帖に続く「橋姫《はしひめ》」巻から「夢浮橋」巻までの十帖は宇治が物語の舞台となるので、宇治十帖と呼ばれる。宇治十帖《うじじゅうじょう》の物語は薫と八の宮の三人の姫君――大君《おおいきみ》・中君《なかのきみ》・浮舟《うきふね》の物語が中心である。繁栄する光源氏一門の貴公子たちのなかで、薫を主人公とする物語は栄華の世界に安住しえない魂の彷徨を語っていく。まずはその前半の物語を見ていこう。

薫は光源氏の晩年の子として何不自由なく育てられたが、世間には隠されているものの、柏木と女三の宮との不義の子である。だが、その境遇は破格であった。まず源氏の遺言で冷泉院が薫を養子とする。子のない秋好中宮は将来薫に世話をしてもらおうと、こちらも養子格の待遇をする。また母女三の宮の兄の今上帝の厚遇があり、異母兄姉の明石中宮や夕霧右大臣も薫を支援した。物語の登場人物の中でも、これほどの境遇にめぐまれた者は他にいない。

しかし、薫は自分の身には何かやましいところがあるという不安を抱えていた。出生への疑念である。はっきりとは語られていないが、母女三の宮の乳母子《めのとご》の小侍従《こじじゅう》が亡くなるときに、出生の秘密を幼い薫に話したらしい。薫は五、六歳であった。成長して、その意味がわかるようになった時、薫の不安は増大していった。彼には現在の境遇が自分の本来いるべき現実ではないという意識が生まれる。母に真実を聞こうと思うが、薫をひたすら頼りにしている母を見ると、母を困惑させ恥じ入らせるようなことは聞けないと思う。薫は尼姿の母を見ては、なぜ若い母が出家したのか、仏道への深い理解があるようにも見えないのに、なぜなのか、何かわけがあったに違いないと思っていた。周囲の者は皆真実を知りながら、口外すべきことではないから、黙しているのではないか。そうした疑念を抱く薫は、悟りにはほど遠い感じの母女三の宮の出家生活を見ながら、母を助けてやりたいと思い、仏道への関心を深めていく。こうして第三部の物語は出生の秘密に苦悩する貴公子を主人公とする物語として始まる。

おぼつかな誰に問はましいかにしてはじめも果ても知らぬわが身ぞ（匂宮巻）

気がかりなことだ。誰に尋ねたらよいのだろう。自分の出生の始めも将来の行く末もわからぬ。これが薫の最初の歌である。源氏物語では登場人物が最初に詠む歌は重要な意味を持つことが多い。薫は自分の真の出自を問い、本来居るべき場所、帰属すべき世界を求めていたのである。物語の主人公として、これは斬新な主人公像であり、そうした主人公の設定には新しい物語に挑む作者の意欲を見るべきである。

❖――迷妄の深みにはまっていく薫

八の宮は桐壺帝の第八番目の皇子であり、光源氏の弟で、冷泉院の兄である。彼は弘徽殿大后《こきでんのおおきさき》が源氏を須磨に追いやり失脚させたとき、その時の東宮であった冷泉院に代わって東宮に立てられようとした。平安時代に繰り返された廃太子事件が弘徽殿大后によって画策され、八の宮はそのために担ぎ出されたのであった。だが、その策略は成功せず、源氏が帰京して政界に復帰し、冷泉帝が即位するに及んで、八の宮は世間から見捨てられ、京の邸も火災にあって宇治に隠棲した。妻も二人目の姫君を出産したときに亡くなり、それ以来八の宮は姫君の養育と宇治の阿闍梨《あじゃり》について仏

［図版］薫は八の宮を宇治の邸に訪ねたが、生憎と八の宮は山寺にこもり不在だった。薫は、月を見ながら琵琶を弾く中君、箏の琴を弾く大君を垣間見て、心を奪われる。国宝『源氏物語絵巻　橋姫』。

道修行に専念する人生を送っていた。彼は光源氏の栄華の裏側で政治的な敗者としてひっそりと生きていたのである。物語はそのような八の宮に光を当てて、表舞台に登場させる。

八の宮が薫と知り合う経緯は次のようである。八の宮の師事する宇治の阿闍梨は冷泉院にも親しく仕える学問のある僧であったが、阿闍梨が冷泉院に八の宮のことを話題にしたとき、薫が八の宮の話を聞いて興味を持ち、宮との交際が始まった。薫は仏道に関心が深くいずれ出家することを考えていたから、八の宮を訪ねては仏道談義をかわして親交を深めた。

宇治に通い始めてから三年が経った秋、薫が訪ねたとき、八の宮は阿闍梨の山寺にこもって不在であった。薫はその時はじめて姫君たちを垣間見《かいまみ》た。薫が八の宮と会っているときは、いつも姫君は隣の部屋にいたから、薫も関心がなかったわけではないが、彼は宇治を訪ねる目的は仏道のためであり、姫君が目的ではないと自分に言い聞かせていた。それに荒涼とした宇治の寂しい邸で暮らす姫君は優雅な女らしさに欠けているだろうと思っていた。ところが、月を見ながら琵琶を弾く姫君をのぞき見た薫は、姫君の美しく優しい感じに心を奪われた。この時から彼は特に姉の大君に惹かれていき、俗世を捨てて仏道に専念しようと思う気持ちが崩れていくのを自覚する。

その夜はまた思いがけないことが起こった。弁《べん》の尼《あま》という老女との出会いである。弁の尼は薫の実の父の柏木の乳母子であり、幼いときから柏木に仕えていた。彼女は女三の宮に仕えた小侍従と親しく、二人が示し合わせて柏木と女三の宮の密会の手引きをしたのであった。その弁の尼が八の宮邸に仕えていたのである。彼女から薫は出生の秘密をつぶさに聞き、柏木の女三の宮に宛てた恋文までわたされた。こうして薫は証拠の品とともに出生の真相を知ったのである。ここに「はじめも果ても知らぬわが身ぞ」と詠んだ歌の「はじめ」は明らかになったが、「果て」はどうなるのであろうか。
宇治は薫にとって仏道に進むための土地であったはずだが、逆に彼を俗世の迷妄に導く世界に変わるのである。弁の尼から出生の真相を聞いた薫は宇治の姫君が秘密を知っているのではないかと疑心暗鬼になり、秘密を守るためには姫君と結婚するほかないと思うようになる。出生の真実を確かめたことによって、薫は迷妄の深みにはまっていくのである。

❖ 仏道を求めながら出家できない薫

八の宮は日ごろから姫君に対して落ちぶれたとはいえ宮家の名誉や誇りを傷つけることのないようにと厳しく訓戒していた。病に臥したときには、本当に信頼できる相手でなければ結婚してはならないと、軽率な結婚を戒め、宇治で一生を終わる覚悟をするようにと遺言した。「かう人に違《たが》ひたる契りことなる身と思《おぼ》しなして、ここに世を尽してんと思ひとりたまへ」（椎本《しいがもと》巻）。宇治で生涯を終えるのが前世からの運命だと思いなさいというのである。姫君はこの言葉にがんじがらめになる。女房たちに対しても物質的経済的な裕福を求めて、たいした身分でもない男を姫君に手引きし、尊貴な宮家の名誉を傷つけるような行動を取ってはならないと厳しく誡めた。

薫が大君に求婚したとき、大君は父の遺言に従うことを最優先に考えて、薫には妹の中君と結婚してほしいと言い、自分は中君の親代わりとなって世話をすると返答した。薫だけは八の宮が唯一結婚を許した相手であったからである。しかし、これを不本意に思う薫は大君には無断で中君のもとに匂宮を案内して結婚させた。そしてその既成事実の上に大君に結婚をせまった。匂宮は今上帝の第三皇子で東宮候補にもなっていたが、好色な性格だったから、大君は薫の一方的な進め方に怒るとともに、妹の不幸は避けられないと前途を悲観した。追い打ちをかけるように、匂宮が左大臣夕霧の六の君と婚約したという噂が大君を打ちのめす。十一月の雪の降る夜、大君は中君と薫に見守られながら静かに息を引きとった。大君の最後の言葉は、薫が中君と結婚してくれなかったことが恨めしく成仏できそうにないということであった。

薫は中君を匂宮と結婚させたことが大君を苦しめ死を早めたと思って悲嘆と後悔にくれ、四十九日がすむまで宇治にこもり供養の日々を送った。その中で薫は、このような悲しい目に遭うのは厭《おん》離穢土《りえど》を教える仏が自分に出家を勧めているのだろうと考えた。これは光源氏が紫の上に先立たれたときに思ったことと同じ考え方である。これをどう解釈したらよいのかむずかしいが、薫についていえば彼はここで出家すべきであったはずである。光源氏がそうしたようにである。しかし、薫は出家できなかった。仏の教えを彼は観念的には理解しながら、実行はできなかった。薫は仏道を求めているはずなのだが、実際の言動は迷妄の世界に跼蹐《きょくせき》するのである。

❖第十八回❖

浮舟よみがえりのメッセージとはなにか

生きることの意味

❖

道に外れた恋の虜になる薫

薫二十五歳の二月、大君《おおいきみ》の喪が明けた中君《なかのきみ》は匂宮の二条院に迎えられた。二条院は六条院ができる以前の光源氏の本邸であり、光源氏と紫の上の幸福な時代の邸であったが、今は匂宮の私邸になっている。二条院の匂宮と中君の物語はあたかも光源氏と紫の上の幸福の物語をなぞりつつ、深刻な不調和を孕んだ物語となる。

薫は二条院で暮らし始めた中君を匂宮が大事にしていると聞くと安心する一方で、中君を匂宮と結婚させたことを悔やむようになった。大君は臨終のときに薫に中君を自分と同じと思って結婚してほしかった、そうしてくれなかったことが悔やまれると打ち明けたが、その言葉を薫は忘れることができない。大君が亡くなってからは中君が大君にそっくりに思われて、薫は恋しくてならなくなった。

一方、匂宮は当代随一の権門である夕霧の六の君と結婚すると、六の君の魅力に惹かれて、中君を訪ねることが間遠になった。中君は予期していたこととはいえ、匂宮の冷淡さが恨めしく父八の宮の遺言に背いて都に出てきたことを後悔し、一度宇治に帰りたいと思って、薫に手紙を送った。薫は喜びいさんで訪ねるが、宇治への同行の相談には自分の一存では決めかねると言いながら、思いあまって中君に添い臥して、抑えがたい恋情を訴えた。中君は動転し、薫は激情に駆られて迫ったが、一瞬中君の腹帯に気づいて自制した。中君は匂宮の子を懐妊していたのである。だが、薫は匂宮が見捨てれば中君は自分を頼りにするだろうと、中君のことが頭から離れなかった。

そのような薫について、語り手は「さばかり心深げにさかしがりたまへど、男といふものの心憂かりけることよ」(宿木《やどりぎ》巻)と批評する。あれほど思慮深く分別があるふうに振る舞っているが、男というものは情けないものだという。

匂宮はしばらくぶりに二条院に帰った。中君は頼りにしていた薫がうとましい気持ちをもっていたと思うと、匂宮によそよそしい態度は見せまいと思ってすなおに振る舞った。匂宮は中君が妊娠して腹がふくれてきたのもうれしく、嫉妬するふうのないのもかわいいと思ったが、中君に薫の香りが深くしみついているのに不審をいだいた。薫の香りは世間の普通の薫物《たきもの》とははっきりと違う匂いなので、匂宮はただごとではないと思って薫との仲を問いつめた。中君は下着まで取り替えていたのだが、薫の香りは身体にしみついていたのである。匂宮に責められて涙を流すかれんな中君の姿を見ていると、宮は可哀想になり自分も涙を流して許したが、薫に対しては猜疑心を強めた。

一方、薫は中君が安心できるような後見役になってやろうと思うのだが、その思いとは裏腹に恋しさは抑えることができず、手紙を贈ったり、宮の留守を見計らって訪ねては思いを訴えた。だが、その先どうしようという策があるわけでもなかった。

薫は二十六歳の二月、今上帝の女二の宮と結婚した。世間では在位の帝が進んで薫を婿に迎えたことに対してまるで臣下が婿取りを急いでいるようだと批判の声があがったくらいである。女二の宮の輿入れに際しても帝は盛大な宴会を催して送り出した。輿入れの行列には、帝付きの女房のほか公卿や殿上人までが付き従った。薫はそういう自分の境遇を得意に思いながら、しかし、大君のことが忘れられないのであった。

そのころ中君は匂宮の若君を出産した。薫は若君の五十日《いか》の祝いに贅美を尽くした贈り物を持って、匂宮の留守を見計らって訪ねた。中君は薫が女二の宮と結婚して気持ちが変わっただろうと思って対面したが、薫は相変わらず大君を忘れられないと言い、中君の若君を見るにつけても大君にこうして自分の子を産んでほしかったと思うが、女二の宮に子を産んでほしいとは思わなかった。こういう薫について、語り手は始末に負えない料簡《りょうけん》だと批判しながら、その一方で、薫のことを「めめしく」ひねくれているように話すのは気の毒で、そんなみっともない人を帝がわざわざ婿に迎えて親しくするはずもないので、公務の方面の心構えはしっかりしていたのだろうと思われると言って弁護した。

しかし、薫が公務の方面ではしっかりしていたとしても、彼の内面世界は「めめしくねじけて」いたと言うほかはないであろう。薫は大君への恋しさを慰めるために、宇治に寺を造ることに熱中していた。こうした薫の状況は閉塞的退嬰的な精神というほかはない。

〔図版〕二月中旬、匂宮は浮舟恋しさに夜中雪深い山道を越えて宇治を訪ねると、夜が明ける前に対岸の家に浮舟を連れ出した。小舟に乗せて漕ぎ出すと、浮舟は心細くなって宮にしがみつくのもいじらしい。川中の橘の小島に舟を止めて歌を唱和する。『源氏物語扇面散屏風　浮舟』。

薫は宮廷社会において目標とする人生の課題がなかったのである。通常の貴族たちが必死で求めた官位の昇進は、薫が求めなくても与えられた。結婚についても、薫は女二の宮ではなく女一宮であればよかったと思っていたくらいで、権門の姫君との結婚は彼の眼中にはなかった。光源氏と似ている面もあるが、光源氏はこれほど退嬰的ではなかった。冷泉帝の後見として、冷泉朝を後代から見て聖代と仰ぎ見られるような時代にしようという高い志を持っていた。薫にはそういう志はない。

官位の昇進であれ、立派な政治を行おうという志であれ、それは世俗的な人生の目標である。しかし、そういう目標がなくなった時、人は何を目標にして生きるのであろうか。愛を求めてということであろうか。しかし、薫の場合、求める愛もまた現実に向かっていたのではなかった。亡き大君の幻に向かっていた。退嬰的というほかないのである。そういう中で出家は新しい人生を切り開くはずであったが、出家には踏み切れないでいた。

❖ 浮舟の人生を象徴する「人形」

薫は宇治に寺を造ることに熱中していた。それはどんな寺かというと、大君に似た像を作り肖像画を描かせて、それを飾って勤行《ごんぎょう》をするための寺であった。「昔おぼゆる人形《ひとがた》をも作り、絵にも描きとりて行ひはべらむとなむ思うたまへなりにたる」（宿木《やどりぎ》巻）と、中君に話した。ところが、この時中君は薫の言った「人形」を、冗談ではあるが、人の罪や穢れを撫でつけて川に流す祓《はら》えの呪具としての「人形」に取りなした。「人形というと、御手洗川《みたらしがわ》に流す人形が連想されて大君がかわいそうです」と言うのだが、その「人形」のついでに大君によく似た妹がいると浮舟を紹介した。冗談とはいえ、これは不吉な連想であった。これが浮舟の登場のきっかけである。

こういう「人形」問答は実は彼らの無意識の欲求に発していたのである。「人形」は薫と中君がともに求めていたのである。中君は匂宮から薫との仲を疑われて以来、薫の恋慕を迷惑にも厄介にも思っていたから、薫の気持ちをよそに振り向けさせたかった。浮舟はその身代わりにされるのである。薫にとっても中君との関係がこれ以上どうにもならない中では、中君以上に大君によく似ているという浮舟は、大君や中君の身代わりとして歓迎すべきことであった。つまり薫と中君にとって浮舟は彼らの悩みを軽減したり解消してくれる存在として求められたのである。浮舟はまさしく「人形」として呼び出されたのである。

こうして浮舟は新しい物語のヒロインとして登場する。その登場の仕方は唐突で、第二部「若菜上」巻における女三の宮の登場と同じであるが、新しいヒロインの登場は物語が新しい構想の下に再出発することを告げるのである。

中君から浮舟のことを聞いた薫は、浮舟を引き取り世話しようと言うが、その時次のような歌を詠んだ。「人形」としての浮舟の位相をもっともよく示す歌である。

見し人の形代《かたしろ》ならば身にそへて恋しき瀬々の撫でものにせむ（東屋《あずまや》巻）

浮舟が大君の身代わりならばいつも側に置いて、大君を恋しく思う時にはその思いを晴らす撫でものにしよう。「形代」も「撫でもの」も「人形」と同じく罪や穢れを撫でつけて川に流す祓えの道具である。薫にとって浮舟は自分の悩みを軽減するための手段にされていた。この歌は「人形」としての浮舟を象徴する。

浮舟とはどういう姫君であったのだろうか。浮舟は八の宮と中将の君との間の子であり、中君の異母妹である。中将の君は八の宮の北の方の姪で、北の方に仕えていたが、北の方が亡くなった後、八の宮に召されて浮舟が生まれた。しかし、八の宮はそれをいとわしく思って、それ以後中将の君を遠ざけた。中将の君は浮舟を連れて八の宮のもとを去り、常陸《ひたち》の介《すけ》と結婚した。浮舟が成長した時、中将の君は八の宮に浮舟のことを知らせて認知してもらおうとしたが、それは叶わなかった。

中将の君は浮舟が二十歳になったころ、左近少将との縁談を進めたが、少将は常陸の介の財力を当てにしていたから、浮舟が常陸の介の実子ではないとわかると破談にして、年端もゆかぬ常陸の介の実娘と結婚した。常陸の介は常日ごろ中将の君が浮舟を特別扱いするのが不満であったから、少将の申し出を喜び浮舟のために準備した婚礼の品々まで取り上げた。中将の君はこうした仕打ちに堪えかねて浮舟を中君のもとに預けた。

ここにもまた浮舟が親たちの葛藤に翻弄された様子がうかがわれる。浮舟は三人の親たちの確執や利害の対立のしわ寄せを一人で背負わされていたといえよう。罪や汚れを撫でつけられる「人形」の性格がここにも刻まれているのである。それだけでなく八の宮の姫君でありながら父宮からは認知されず、現実には常陸の介の娘でありながら、そこにも安住できないということは、どういうことであろうか。浮舟は自分が帰属する世界を奪われていたのである。

❖ 中空にてぞわれは消ぬべき――浮舟の悲劇

中将の君は常陸の介のもとで浮舟が粗略にされ辱められたことを悲しんで、一時中君のもとに預けた。ところが、偶然匂宮の目に留まり、言い寄られるということがあり、急遽転居させた。そのころ薫は浮舟を宇治に住まわせることにした。中君から浮舟の話を聞いてから一年後のことである。薫の行動は慎重と言えば慎重であるが、決断が遅い。

一方、匂宮は一目見た浮舟が忘れられず、中君に聞いても教えてもらえず不審に思っていた。薫二十七歳の正月、浮舟から中君に年賀の挨拶が届けられた。その手紙から匂宮は浮舟が宇治にいることを知ると、薫を装って宇治を訪ね密会した。これ以後匂宮は薫の目を盗んで密会を重ねた。匂宮の行動の背後には、薫に対する以前からの不信感が根深く植え付けられていたのである。三年ほど前、薫が宇治で大君の四十九日の喪に服していた時、匂宮は憔悴した薫の優美な姿を見て中君が薫に心を移すのではないかと邪推した。彼は薫と中君の密通を疑い続けた。中君の身体にしみこんだ薫の移り香を疑ったのも、そうした背景があった。今また薫と中君が心を合わせて浮舟を隠していたことに、匂宮は不信感を深める。さらに日ごろ仏道を口にする薫が宇治に浮舟をかくまっていたことは、薫の言行不一致として化けの皮をはがしたような気分になる。匂宮が浮舟に激しく向かっていったところには、薫への不信、中君と密通していたのではないかという猜疑心、それに対する報復的な情動といったものがからみあっていたと思われる。それが浮舟への激しい情熱になっていたと考えてよい。

その年の二月、宮中で詩宴が行われた夜、匂宮は薫が宇治の浮舟を思って歌を口ずさむ様子を見て、薫から浮舟を奪いたいという思いに駆られて、雪の降る夜宇治を訪ねた。その明け方には浮舟を小舟に乗せて宇治川の対岸の小家に連れ出し、川中の「橘の小島」の常磐木《ときわぎ》になぞらえて、浮舟への変わることのない愛情を誓うが、浮舟は次のように返歌した。

橘の小島の色はかはらじをこの浮舟ぞゆくへ知られぬ（浮舟巻）

橘の小島の常磐木の色は変わることがなくても、この小舟のように私はどこへ流れて行くのでしょうか。「橘の小島」が匂宮をたとえる。匂宮の気持ちは変わらなくても、自分はどうなるのだろうかという不安を詠む。これが浮舟の名前と巻名の由来になった歌である。

二人は対岸の小家で二日間を過ごした。匂宮はその時、浮舟に夢中なあまりに雪の降り乱れる夜中に苦労して訪ねてきたと、饒舌に話した。それに対しても浮舟は次のように詠んだ。

降り乱れみぎはに氷る雪よりも中空にてぞわれは消《け》ぬべき（浮舟巻）

風に吹かれて降り乱れる雪が川岸に降って氷る前に、私は空の途中で消えてしまうでしょう。「中空にてぞわれは消ぬべき」は、匂宮と薫との間でどちらに従うこともできずに死ぬ不安を詠むのである。これらの歌には川に流される「人形」のイメージを背負い、どこにも帰属できる世界のない浮舟の境遇が表出されているといえよう。

「中空にてぞわれは消ぬべき」という不安は現実のものになろうとしていた。匂宮が浮舟と密会したことを知った薫は浮舟の警護を厳重にしたので、匂宮は訪ねてきても逢えずに帰る。女房は浮舟が匂宮に心惹かれていると思って、浮舟がその気になればどのようにでもして匂宮に添わせてやれると話したが、浮舟は薫と匂宮のどちらと一緒になりたいという判断もつかなかった。浮舟は自分が原因で匂宮と薫との間に不測の事態が起こりかねないと心配し、自分一人が死ぬのが一番よい方法だと思って死を覚悟した。

浮舟の物語は『大和物語』の生田川伝説のように優劣をつけがたい二人の男から求婚された女が悩んだ末に投身するという妻争い説話の型に則る。しかし、浮舟は薫と匂宮の優劣の付けがたい純愛のはざまで死を選んだというような甘美な物語ではなかった。浮舟は二人の男の愛欲や相互不信、報復的な対抗心のはざまで翻弄されたのであり、彼らの罪や汚れを撫でつけられたのである。そのあげく入水を決意したのである。行方不明の浮舟について、女房は「行く方も知らぬ大海の原にこそおはしましにけめ」(蜻蛉《かげろう》巻)と、母の中将の君に話したが、これは浮舟の「人形」性をみごとに表している。匂宮や薫の汚れを撫でつけられた浮舟が大海まで流されて行ったとすれば、それは浮舟の「人形」性の完成であった。

❖――浮舟を死なすわけにいかなかった理由

しかし、浮舟は死んだのではなかった。宇治の院の裏庭で倒れているところを横川僧都《よかわのそうず》に助けられ、僧都の妹の尼君の献身的な看護によって生き返った。死のうとした浮舟を死なせなかった物語は何を語ろうとしていたのであろうか。

死ぬに値しない現実のために死んではならないということであろうと思う。浮舟は薫と匂宮のために死のうとしたのだが、彼らの現実は浮舟が死ぬに値しない現実であったのである。浮舟が死んだと聞いたとき、匂宮は一時病に臥したが、回復すると薫を慕う小宰相という女房に言い寄った。浮舟を奪った行動を繰り返そうとしていたのである。彼らにとって浮舟はその程度の意味しか持っていない、愛人にしようと思う。彼らにとって浮舟はその程度の意味しか持っていなかったのである。もともと浮舟は薫にとって大君を恋しく思うときの「撫でもの」にすぎなかったが、それでも大君や中君の身代わりとして存在意味を持っていたはずであった。ところが、今は大君と縁もゆかりもない小宰相以下なのである。そのような現実のために浮舟は死ぬことはないと、物語は語っているのである。

それでは浮舟はどのように生きるのか。蘇生した浮舟は年老いた尼君たちに囲まれて未知の国に来たような気分であったが、浮舟の置かれた現実は過去の再現のような世界であった。浮舟の世話をする妹尼は結婚した娘が亡くなったので、浮舟を娘の身代わりと思って世話をした。あたかも母の中将の君さながらである。その妹尼のもとには亡き娘の婿の中将が訪ねてきたが、中将は薫によく似た誠実な男で、妹尼は浮舟を中将と結婚させたいと願っていた。ここでも浮舟は昔の「人形」と変わらない人生を与えられようとしたのである。しかし、そうした過去の再現のような現実を通して、浮舟は過去を客観的に見直し自覚的に過去に訣別するのである。浮舟は妹尼の勧める結婚をかたくなに拒絶し、そうすることで自己を守ろうとする。横川僧都に必死に頼んで出家したのもそのためである。

ところが、出家した浮舟の前に再び薫が現れた。浮舟の生存を知った薫は横川僧都に依頼して手紙を書いてもらうが、その手紙には薫の愛執の罪が消えるようにしてやりなさいとあった。還俗《げんぞく》の勧めであると解される。薫は浮舟の弟を使いとして手紙をよこし、逢いたいと訴えた。浮舟は返事も書かず弟にも会わず泣き臥した。妹尼の婿の中将とは比較にならない重い現実がまたしても浮舟に過去を再現させようと迫ってきたのである。物語は泣き臥す浮舟を語って終わる。浮舟にどのような未来があるのか。浮舟はどのように生きるべきなのか、物語は読者にその答えを考えさせようとしている。

❖あとがき❖

今年は源氏物語千年紀に当たるというので記念の催しが各地でさまざまに行われている。おそらく源氏物語関係の出版物も例年より格段に多いであろう。本書もその中の一冊ということになるので、本書の特色と思われる点について触れておきたい。

源氏物語は長い享受の歴史をもっているので、時代によって読み方に傾向が見られる。中世には中世的な読み方があり、近世には近世的な読みの傾向がある。本書はそういう読みの歴史に注意を払いながら書いた。源氏物語の深さや広さを理解するためには、現代の関心や問題意識だけで読んでも手が届かないからである。源氏物語の深さ、広さ、おもしろさは注釈の歴史が切り開いてきた。本書はそういう注釈が指し示す源氏物語のおもしろさをさまざまな観点からテーマ論的にまとめてみた。読者の方々にそういう方面への関心を持っていただければ、源氏物語の魅力はさらに深まると思うからである。

本書はまた各章に源氏絵をカラー図版で載せた。源氏絵はどのくらいの場面数が描かれたのか、正確なことはわかっていないが、今日場面数のもっとも多い源氏絵は四〇〇場面を越えるものがある。そういう数からすれば本書掲載の絵の数は高が知れているが、数は少なくとも、これらの美しい源氏絵によって、源氏物語の風雅優美な世界に想像の翼を羽ばたかせていただければ、嬉しい限りである。そうした意味で絵はできるだけ大きな画面で掲載している。

ところで、本書の元になったのは明治大学の広報誌『季刊明治』に二〇〇四年から四年間連載した「源氏物語講座」であるが、その基になったのは拙著『源氏物語の世界』（岩波新書）であることを申し添えておく。

源氏絵のカラー図版を各章に配する、見て楽しい本を作りたいという筆者の勝手な願いを聞き届けていただいたウェッジ書籍事業部・服部滋氏には心からお礼申し上げる。併せて図版の許諾などでご面倒をおかけした松原梓氏にもお礼申し上げたい。

二〇〇八年八月

日向一雅

❖ 掲載作品所蔵元一覧（五十音順）

@ＫＹＯＴＯＭＵＳＥ（京都国立博物館）

源氏物語絵色紙帖　花宴　土佐光吉筆　045

源氏物語絵色紙帖　明石　土佐光吉筆　117

和泉市久保惣記念美術館

源氏物語手鑑　野分　土佐光吉筆　カバー

源氏物語手鑑　桐壺一　土佐光吉筆　013

源氏物語手鑑　空蝉　土佐光吉筆　037

源氏物語手鑑　須磨一　土佐光吉筆　053

源氏物語手鑑　絵合　土佐光吉筆　069

源氏物語手鑑　玉鬘二　土佐光吉筆　093

源氏物語手鑑　御幸一　土佐光吉筆　101

源氏物語手鑑　若菜三　土佐光吉筆　109

源氏物語手鑑　幻　土佐光吉筆　137

ＭＯＡ美術館

源氏物語絵巻　初音（部分）　住吉具慶筆　085

京都府文化博物館

天徳内裏歌合の光景（復元図）　072

国立国会図書館

写本　河海抄　015

五島美術館

国宝　源氏物語絵巻　夕霧　（撮影：名鏡勝朗）　125

堺市博物館

国宝　源氏物語絵巻　御法　（撮影：名鏡勝朗）　132
源氏物語色紙絵　胡蝶　目次　扉
源氏物語色紙絵　桐壺　013
源氏物語色紙絵　明石　061
源氏物語色紙絵　藤裏葉　077

東京大学文学部国文学研究室

絵本　源氏物語　夕顔　039
絵本　源氏物語　紅葉賀　042
絵本　源氏物語　明石　059
絵本　源氏物語　玉鬘　095
絵本　源氏物語　真木柱　103

徳川美術館

源氏物語画帖　帚木　一　土佐光則筆　029
国宝　源氏物語絵巻　橋姫　144

中部大学　池浩三研究室

六条院模型（考証・製作）　088

広島浄土寺

源氏物語扇面散屏風　浮舟　（撮影：村上宏治）　152

毎日新聞社（写真提供）

本居宣長の肖像　022
白居易の肖像　030
菅原道真の肖像　051

日向一雅（ひなた　かずまさ）

明治大学文学部教授。平安文学専攻。１９４２年生まれ。東京大学大学院人文科学研究科博士課程修了。博士（文学）。近年の主な著書『源氏物語の準拠と話型』（至文堂、紫式部学術賞受賞）、『源氏物語　その生活と文化』（中央公論美術出版）、『源氏物語の世界』（岩波新書）。編著『源氏物語の鑑賞と基礎知識　須磨』『同　明石』『同　若菜下（後半）』（至文堂）、『源氏物語　重層する歴史の諸相』（竹林舎）、『王朝文学と官職・位階』（竹林舎）、『源氏物語と平安京』（青簡舎）。共著『源氏物語――におう、よそおう、いのる』（ウェッジ）など。

【謎解き源氏物語】

２００８年９月25日　第１刷発行

著　者……………日向一雅
発行者……………布施知章
発行所……………株式会社ウェッジ
〒101-0047
東京都千代田区内神田 1-13-7　四国ビル６階
電話：03-5280-0528　FAX：03-5217-2661
http://www.wedge.co.jp
振替 00160-2-410636

ブックデザイン……上野かおる
ＤＴＰ組版………株式会社リリーフ・システムズ
印刷・製本所……図書印刷株式会社

※定価はカバーに表示してあります。ISBN978-4-86310-031-2 C0095

ウェッジ選書